KB147102

푸른사상 시선 179

지워진 길

푸른사상 시선 179

지워진 길

인쇄 · 2023년 7월 1일 | 발행 · 2023년 7월 6일

지은이 · 임 윤
펴낸이 · 한봉숙
펴낸곳 · 푸른사상사

주간 · 맹문재 | 편집 · 지순이, 김수란, 노현정 | 마케팅 · 한정규
등록 · 1999년 7월 8일 제2-2876호
주소 · 경기도 파주시 회동길 337-16(서패동 470-6) 푸른사상사
대표전화 · 031) 955-9111(2) | 팩시밀리 · 031) 955-9114
이메일 · prun21c@hanmail.net
홈페이지 · http://www.prun21c.com

ISBN 979-11-308-2071-2   03810
값 12,000원

푸른사상
시선

179

지워진 길

임 윤 시집

푸른사상
PRUNSASANG

눈보라가 발목을 휘감는 엄동설한에 앞선 발자국이 사라지는 걸 바라본다. 나보다 먼저 걸어간 사람은 어디로 흘러갔는지, 나는 또 어디로 가는지, 방향을 가늠치 못해 지워진 길 위에서 방황하는 사람들.

압록강 하구 단동부터 두만강 하구 방천까지 한반도 경계의 강은 그대로인데 강을 건너는 사람은 없다. 국경을 넘나들던 수많은 길은 잡초에 묻히고 철조망에 막혀 지워졌다. 불과 한 세기 전에 자유롭게 건너던 우리의 길은 무관심의 시간 속에서 사라지고 말았다.

2023년 여름
임 윤

| 차례 |

■ 시인의 말

제1부

먹먹한 이별   13

오래된 침묵   14

지워진 길   16

단동역의 새벽   19

쭉 내자우   20

바닷길 족적   22

뤼순의 가을   24

압록강에는 섬이 많다   26

자작나무 편지   29

피라미의 가계   30

길은 활처럼 휘어진다   32

푸른 오리   34

당달봉사   35

강물 소리   36

제2부

압록강 물새   41

쌓여 있는 길   42

자작나무의 눈   44

얼음 왕국   46

혜산의 어둠   48

역류하는 강   50

압록강 지류   52

몽유   53

눈빛 대화   54

뜬눈   56

강변을 습격하다   58

어둠을 벗어난 그림자   60

구름 두부   62

백두산 일출   64

제3부

눈이 아프다   67

돼지 멱따는 날   68

제망매가   70

누이야   72

짝태의 눈   74

한눈으로 3국을 보다   76

장령세관   78

가슴에 흐르는 강   80

소야(消夜)   82

변방의 넋두리   84

범법자들   86

늙은 개   88

훈춘에서   90

저녁 통증   92

제4부

황무지에 핀 민들레 95

철조망 중후군 98

필담(筆談) 100

단단한 바람 102

동해 일몰 104

다시 압록강에서 105

북쪽 길 106

출렁거리는 신념 108

물의 기억 110

불편한 계절 112

손바닥 수맥 114

생의 줄기 116

막대자석의 습성 118

태풍의 눈 120

■ 작품 해설 국경의 시학 ― 맹문재 123

아이가 엄마 손 놓치지 않으려 손가락 끝에 묻어난 계절이 안간힘
장강이가 시릴 조음 단단한 겨울 벗겨내는 물결처럼 잠묵이 슴

제1부

해산의 얼굴을 차단한 세관의 철문 난백두에서 발연한 강물을 건너면 길 보친, 삼지연, 승강하, 이도백하 그리고 천지 대흥단 감

먹먹한 이별
— 서해 일출

수평 하늘 문이 열려
분홍빛 열기에 잠이 깬 평안도
선천, 철산쯤에서 번져온다
새벽까지 뱃머리 두드리던
밤새 오만하던 파도의 성깔은 어디서 꺾였는가
고요하다 사위는
북으로 향한 뱃길이 실눈 뜬
수면 갈라 물든 해변 마을
짙은 분홍빛 창문의 가슴속에서도
아이들은 눈 비비며 깨어났으리
낯선 해안에 정박을 꿈꾸는 바람
낯선 얼굴의 손 부여잡고
낯선 이야기 키득거리며
전혀 낯설지 않은 웃음 나누고 싶어도
우울한 일출, 먹먹한 바다
뱃고동 소리가 들리지 않도록
서로의 등을 배경으로 우리는 너무 멀리 지나쳤다

오래된 침묵

객실 문밖으로 풀려나는 졸음에
발자국은 휘청거렸네
뱃머리에 달라붙은 고드름처럼 차가운 눈꺼풀이
황량한 콘크리트 바닥에 미끄러지네
잿빛 눈 내리고
어두운 항구에 와글거리는 뒷모습
유리창에 실금 간 버스는
마지막 남은 발자국 싣고 함박눈 속으로 떠나가네
단동이 타국이지만
국경 없던 시절엔 누이가 시집갔음직한 마을이네
둔치에 뿌리내린 앙상한 미루나무
식솔 떠나보낸 촌부마냥
가는 모가지 뽑아 강 건너편 바라보네
눈발에 휘감긴 모진 겨울
따뜻한 아랫목에 이불 뒤집어쓰고
폭설에 갇혀 시나 끄적대는 꿈이라도 꿀까
눈 내리는 강 무작정 건너
이국의 눈밭 뒤뚱거릴 어린 꽃제비 생각에

오늘 밤도 가로등은 잠들지 못해
먼발치에서 살얼음 가슴으로 바라만 보는
국경이 맞닿아 오가지도 못할 겨울 강의 침묵

지워진 길

아이가 엄마 손 놓치지 않으려
손가락 끝에 묻어난 계절이 안간힘 쓸 때
강물로 뛰어든 정강이가 시릴 즈음
단단한 각질 벗겨내는 물결처럼
잡목이 삼켜버린 길 위에 포개진 발자국은 침묵한다
강의 어깨를 물고
끝 간 데 없이 출렁거리는 국경
모래밭에 찍힌 화살표 물새 발자국이
위화도에서 말머리를 돌렸던 편자의 깊이 같다
봉두난발 백성들 머리카락인가
반질거리던 길을 에워싼 잡초를 헤집는 바람

신의주가 손에 잡힐 듯 끊어진 철교
수풍댐 가르는 보트의 굉음
집안에서 만포 구리광산으로 연결된 교각
중강진의 악산과 사행천에 자리한 너와집들
혜산의 얼굴을 차단한 세관의 철문
남백두에서 발원한 강물을 건너던 길
보천, 삼지연, 송강하, 이도백하 그리고 천지

대홍단 감자 보따리장수와
화룡을 오가던 무산의 얼굴
용정과 회령을 건너던 독립투사들
두만강 뱃사공은 파업 중인가
남양으로 건너야 할 기찻길 장악한 중국 국경수비대
훈춘 302호 지방도로 철망 뚫고
아오지, 나진, 선봉으로 향하는 덤프트럭
동해가 손에 잡힐 듯한 녹둔도
금방이라도 연해주를 향한 증기기차가 건널 것만 같은
독립을 위해
식솔들 먹여살리기 위해
메케한 석탄 연기 속, 졸음에 겨운 눈꺼풀 부릅뜨고
가슴속에 댓 개씩 응어리진 한 품고 건넜을
방천에서 바라본 두만강 철교

정오의 태양은 정적으로 떠다니고
와자하게 강을 건너던 사람은 어디로 갔는지
철망 사이 바라보는 건너편
인기척은 없고 매미 소리만 요란하다

미루나무 그늘에 위장한 초소들
터질 것 같은 팽팽한 긴장에 숨소리조차 숨죽이는
아이가 엄마 손 놓쳐버린 계절
비명으로 흩어져 떠내려간 노을처럼
굴레를 벗어나지 못하는 발자국들
장마철에 떠내려온 비닐봉지가
철조망 송곳니에 걸려
갈 곳 먹먹한 가슴들이 파르르 떤다

시야에서 사라진 엄마의 손
두려움 떨치려 고래고래 소리라도 질렀으면 좋겠다
꼬질한 손가락 사이 까만 눈동자
오늘 밤은 어느 방향으로 비틀거릴까
압록과 두만이 펼쳐놓은
창백한 푸른 점* 먼지처럼 서글픈 반도의 둘레길

* 창백한 푸른 점 : 보이저가 찍은 지구의 모습에서 빌려옴.

18

단동역의 새벽

푸른 안경 벗어던진 아침
신문지 깔고 누운 길 잃은 사람들 속눈썹
깜빡 자불거리던 잠이 떨어진다
밤기차에서 야식으로 샀던
느끼한 기름 흘러 손도 못 댄 포장 닭고기
두 손 내민 노파에게 건네주고
급히 역사를 빠져나온다
어디론가 향하는 발자국 허겁지겁 따라가는데
퍼질러 울고 있는 아들 또래 녀석
피딱지 정강이에 시선이 꽂혀
덜컥 발목 잡히고야 만 아내
찰나간, 길은 엿가락처럼 늘어지고
멀어지는 일행에 아내를 재촉한다
팽팽한 그림자의 허리가 고무줄처럼 늘어진
수많은 발등과 마주친 단동역
생의 뒷부분에 들어서서
여태 앞만 보고 줄기차게 걸어왔는데
구린 구석이 있는지
뒤통수가 근질거리고 자꾸 뒤돌아본다

쭉 내자우

어둠이 슬금슬금 골목길 잠식할 즈음
바람도 곁눈질 두리번거린다
조선 민속 거리 모퉁이에 자리 잡은 평양식당
평양 오가며 장사한다는
오십 줄의 아주마이
이방인이 따라주는 압록강 맥주가 쌉쌀하다
서로의 눈치 살피다가
"우리가 남이가"
건배사의 말뜻 알려주자 경계를 푼다
미닫이 밖에 밀려드는 바람의 굉음
골목은 얼어붙어 인기척 없다
봄이 오면 보따리 메고 평양으로 간다며
"쭉 내자우"
잔 비우자는 평양식 건배 제의를 한다
맨살 찢을 듯 불어대는 냉소의 바람 견디며
헛꿈이라도 꾸고 싶은
베를린장벽처럼 철조망이 무너졌다는 소식은 개꿈일까
불통의 눈초리에 눌려

침묵하는 일보다 더 두려운 것이 있을까

"우리가 남이가, 쭉 내자우"

바닷길 족적

쿵쿵거리는 엔진의 진동수 뒤척이며 헤아리다

난바다 출렁거렸을 난파선 생각하다가

항로 없이 어둔 바다 헤쳐 간 황해도 작은 어촌의 고깃배를 떠올린다

희부연 새벽, 꿈에 나타난 무지개는 혼자만의 비밀

천연색 꿈이라니, 발해만에서 불어오는 바람의 홍채, 선홍빛 물결은 덤일까?

회색 왜가리 날개 같은 단동

유민들이 건넜을 붉은빛의 요녕 끝자락

밤을 꼬박 새운 여객선은 항으로 미끄러지고 푸릇한 새벽이 선창에 붙어 인사를 보낸다

인천항에서 승선한 덩치 큰 보따리들, 철조망의 굴레에 바다에서 절반의 생을 살아가는 장사꾼들

비단섬의 볼모로 잡힌 굴뚝에 휘감긴 회오리바람, 물거품 물고 몰려드는 난바다의 파도, 폭풍 지난 뒤의 평온이 더 두려운 겨울, 이순이 된 지금도 귀가 뚫리지 않는다

거무죽죽한 입술의 둔치를 지나치면, 계절의 윤회 속에 잔뼈 굵은 자작나무, 잿빛 우울한 날 강변에 찍힌 발자국이

서글프다
　무작정 대륙으로 흩어진 채 잃어버린 국적
　오가지 못할, 발자국 하나
　발자국 둘, 발자국 여럿
　무성한 계절 속에서 목숨 걸고 서성대는 사람들

뤼순의 가을

하얼빈역 안중근의사기념관 떠나
덜컹거리는 야간열차가 도착한 따렌의 아침
뤼순 향한 길은 아득하기만 하다
낯선 이국 정취에 멈칫거리는
어눌한 이방인 한눈에 알아본 호객꾼
왕복 택시비를 흥정한다
씁쓸한 기분 휘파람 몇 점으로 날려버리고
마음은 다급히 뤼순 감옥으로 간다
입장료 없는 중국의 시설물은 처음이라
고개 갸우뚱거리자
환히 열린 감옥의 정문도 기우뚱한다
하늘은 높고 푸른데
왜 남쪽엔 먹구름이 가득 들끓는가
어머님이 지어주신 수의 입고
마지막 숨결 거두었을 님 생각에
형장의 밧줄과 다다미 마룻바닥 위로
한동안 침묵이 배회한다
아직 찾지 못한 님의 흔적

낮고 외로운 초가을
제국주의 굵은 올가미와 높은 담장 앞에서
붉은 심장이 요동친다
출구 찾지 못해 메아리만 들려오는
패권의 철창에 갇혀 잠들지 못하는 님의 하늘

압록강에는 섬이 많다

귓불 화끈거리는 봄의 입술
삭정이 흔들며 서성대다
철책 너머로 사라지는 강바람
콘크리트 현수교에 흐르는 정적을 쓸어
비단섬 하류로 몰아치는 황사 먼지
갯벌에 발목 잡힌 폐선 한 척
하구로 닿은 바닷길 한없이 더듬어 가는가
손 내민 훈풍에도 인기척 없다

눈부셔, 실눈이 부시다
수면의 빛을 깨뜨려 국경 넘나드는 갯배
남신의주 유동 박시봉방은 어디인가
철조망 너머 깨진 빛 조각이 흘러간 곳인가
부시다, 부셔 내린다
건너편 강가에서 들려오던 빨랫방망이 소리
목메도록 불러도 대답 않던
어적도 아주머니는 보이질 않고
봄은 다시 강물 위에서 눈부시다

끊어진 길 배경으로 섬은 정물화가 되었다
물결 위 쏟아지는 물감들
신의주 관광에 이백 달러라는 호객꾼
강 건너면 국보법에 종북이 될 터
씁쓸한 웃음만 날린다
경고인 듯 가슴에 인공기 배지 단 처녀들
아득히 숨죽여 바라보는 건너편
들쭉술에 쌉쌀한 대동강 맥주
먹먹한 가슴으로 살얼음 시린 평양냉면을 먹는다

잡목이 앙상하게 날리는 모래언덕
단동에서 평양 오가는 조선족 보따리장수
이레쯤 돌아온다는 소식만 남겼다
조선 한국 민속 거리
숨죽이던 탈북자들은 어디서 섬이 되었나
가슴 뚫린 벽돌집 유리창
케케묵은 먼지만 봄볕에 얼굴을 내민다
바싹 마른 손가락 비벼대는 옥수숫대

그 사이로 빠져나가는 살가운 바람

유초도, 위화도, 다지도
둑방 길이 허공에 꿈틀거린다
물결 따라 흐르는 아이들 웃음
연암이 건너왔을 강변엔 물비늘 반짝인다
박작성 위에 세워진 호산장성
고구려 병사들은 어디로 사라졌는가
성루 건너편 초소에도 아지랑이 피고
눈부셔 마냥 바라보는 여울살
길은 끊이지 않고 출렁대기에
부신 길 부여잡고 더 북쪽으로 떠나야겠다

자작나무 편지

완만한 구릉의 둔부로 저무는 저녁
건조한 평원 내달려
무시로 휘감는 오슬한 바람
스러져가는 장작불
염장 지르듯 내리는 눈발
생은 한 발짝 떨어져 닿을 듯 있기에
하루를 지탱하는 발자국이 무겁다
눈발에 끊어진 유목의 길
상심한 시간 불사르면 다시 이을 수 있을까
한쪽 볼에만 키스하는 이별의 습관
어둠에 가려지는 서글픈 눈동자
강퍅한 진눈개비
더욱 휘청거리는 허리
시든 초목, 차디찬 백색 평원에 갇혀
시야를 결박당한 허약한 나날
하얗게 지워져가는 소리에도 긴장하는
생존은 쓸쓸하고 두려운 시간이다

피라미의 가계

물빛 닮아 출렁거리는 계절
숨 멎을 것만 같아 멈춰서야만 했다
미쳐 날뛰듯 수면을 구겨
물새들이 바람결에 길을 내는 수풍
수몰된 시간이 불쑥
강 건넜던 얼굴 밀어 올릴 것만 같아
뻐꾸기 소리 곤두박질치다 솟구친다
모터보트 굉음이 지나간
남쪽 강변 어디선가 본 듯한 풍경

진달래 함박 피었다
건너편 민둥산에 감도는 연분홍빛
이편저편으로 번져도
알 수 없는 먹먹함이 강물 위로 흩날린다
말린 물고기 펼쳐놓은 아낙들
경상도 산골에 몰래 핀 진달래 같구나
된장 발라 석쇠에 구워 먹던
경상도 피라미가 수풍 피라미였구나

지구는 매일 한 바퀴의 기억을 우주로 전송하는데
수십 년 분단에
머나먼 바다 돌고 돌아온 길
휘파람 소리, 건조한 기억
물고기 껍질에 내려앉은 광대뼈가 선명한
화석처럼 말라버린 오래된 얼굴

길은 활처럼 휘어진다
— 고구려의 아침

닭 홰칠 무렵 강의 얼굴이 부스스하다
푸릇한 철창에 갇힌 새벽
물결은 생동의 계절 역류하듯 거칠다
고착화된 기억의 메모리칩처럼
남쪽으로 날아간 새털구름
건너편 강둑에서 낯설지 않은 바람이 분다
강물 흐르는 보폭으로 만난
삼도하 조선족 민속촌
키 작은 초가집의 장승이 눈웃음치는 골목
모퉁이 돌아서면 다시 압록은 흐르고
민둥산 아래 어깨 기댄 너와집
을씨년스런 정물화에 붙박인 풍경
종달새 소리만 적막하다
듬성듬성 늘어선 초소
시곗바늘이 선풍기처럼 회전하는 나날
슬라이드 화면만 바뀌었을 뿐
변사 없는 무성영화의 연속이다
자강도 만포시 구리광산 굴뚝

그 너머 그리운 이름 강계
낮은 성곽만 남은 국내성터 새벽시장
오이, 두릅, 민들레, 참나물
고구려의 아침에 고구려인은 없고
용달차 짐칸 토막 난 돼지
핏물 흐르는 붉은 살점이 잘려 나가는 동안
강물은 유유자적하다

푸른 오리

위화도 아파트 창문 기웃거리는 바람
그림자는 커튼 속에 살고
물의 국경을 밟지 못해
검푸른 강심은 부표로 떠돌다 기슭으로 쓸려가네
오래된 풍경화 속 얼굴 비추며
가냘픈 목소리로 흐르는 강물
한 줄기 눈빛이라도 건널 수 있다면
날개 결박당하더라도 힘껏 날아보고 싶네
자갈이 수런거리는 동안
어둠은 깊고 길어 무심결에 반짝이고
둔치에 핀 여린 제비꽃
철조망 사라지면 복부인 설쳐댈 것만 같은
굴곡진 강물에 비친 키 작은 지붕들
능선은 희미해지고
빛을 삼켜버린 어둠이 설쳐
푸른빛을 점차 잃어도
당신과 오래도록 모래강변을 거닐고 싶네

당달봉사

병풍 휘두른 건너편 산기슭
먹구름 몇 뭉치 함성 지르며 몰려와
압록에 잠긴 말발굽 소리 뽀글거립니다
소리 물결 소용돌이치는 대낮
보이기 때문에 귀가 열리지 않아
꽁꽁 여민 귓바퀴
수시로 우르릉대는 천둥
강 건너던 천군만마의 고구려 병사처럼
둔치엔 온갖 소리가 넘쳐
쟁쟁거리는 바람에 현기증이 돌았습니다
하룻밤에 아홉 번 강 건넌 연암 생각에
어둠이라면 변명이라도 하겠더군요
사선 긋는 비바람에 몰려가는 양 떼
파르르 떠는 물의 피부 뚫고
이명으로 사라지는 소리들
눈 감고 귀 열어도
눈으로 듣고 귀로 보지 못했습니다
강심으로 흐르던 나룻배 한 척
파문에 일렁이며 저물도록 넘실거렸습니다

강물 소리

통화, 백산 지나 임강
휘어지는 강 따라 우뚝 선 봉우리
반도에서 가장 춥다는 중강진
험악한 산 그림자에 짓눌린 너와집
강은 말이 없고 연둣빛 버드나무 물결만 살랑댄다
건너편 비포장도로엔
출렁거리는 바람에 흙먼지 인다
높디높은 산 끌어안고
가슴의 통증만큼 나타나는 동네
손꼽아 헤아리다
손가락이 모자라 셀 수 없었다
완만한 자갈 강변부터 앞마당까지
봄은 차분하게 감겨든다
북쪽으로 갈수록 숨 가빠지는 물살
거친 산이 어두운 그림자 걸쳐놓은 곳
나무 전봇대가 솟대처럼 서 있는 김형직읍
열댓 명 사내들이 띄운 뗏목이 흐르고
길림성 지방 303호 도로 암벽에 봄이 피었다

바지 걷고 물속 들여다보는 아이
뒷산에 핀 진달래가 강물에 비칠 듯
휘어진 강변마을 김정숙읍
풀 한 포기 보이지 않는 민둥산
옥수수 심는 농부들이 정물로 붙박이고
초병 없는 강변에 만개한 아지랑이
만포 떠나 혜산을 향한 기차는 어디쯤 가고 있는가

제2부

압록강 물새

노을 떠내려가는 물결 바라보던 미루나무
강심에 뛰어든 비루한 시선
핏빛 번져가는 창호지 두께의 풍경
발자국은 그림자의 허리에 옹이로 박혔다
둥지 떠돌던 탱탱한 울음
모래언덕에 떨어져 붉은 싹 틔워
노을 휘젓던 충혈된 눈동자 꿈틀거린다
철조망에 걸려 흩어질 새털구름들
저녁의 심장에서 찍어낸 선홍빛 날개여
가는 시선은 퇴적된 노을 감싸는구나
천지불인을 알았다는 듯
덤불 속으로 사라진 푸른 오리들
별빛 쪼아 시간이 부화하면
소용돌이치는 경계의 속물 비워
성근 손금을 잇대 물결 따라 날아가겠구나

쌓여 있는 길

몸이 과녁인 줄 몰랐다

중심을 먹고 자란 나이테 속에 쌓인 길

절개된 눈벽의 피부에서 꿈틀거린다

단층 이룬 틈바구니마다

질긴 목숨들 몸부림친 흔적 선명하다

흩어졌던 외길이 모여 신작로 만들듯

걸음마다 허방 짚던 어두운 길눈

보푸라기처럼 흔들리는

가슴에 숨겼던 등불 하나 꺼내

작은 새 한 마리 허공으로 날려 보낼 일이다

골목에 쌓인 녹슨 시간의 침묵들

회색 이념 속에서 소용돌이치는 눈동자

소통의 손길 뻗어보아도

건너길 거부하는 시퍼런 물결이 두렵다

민둥산에 홀로 선 늙은 소나무

황톳빛 능선에 핀 진달래는

그래도 낯설지 않아 눈시울이 뜨겁다

건너편 길 따라 남으로 가면

숙부가 일궜다는 묵정밭에도 분홍빛 만개했을 터
저 길은 끝인지 시작인지
깊이 잠든 눈동자는 길을 잃어
허물어진 허공을 무리 지어 날아가는 날개들

자작나무의 눈

자작나무 숲이 펼친 책갈피에서 연둣빛 강물이 흐른다
물줄기와 동행한 건너편 산자락 기찻길
양팔 벌리고 철로 위 걷다가
졸음에 겨운 지루한 오후 햇살이
압록강 이름 모를 간이역 창문을 비벼댄다
강 건너간 아이 기다리다 지친
늙은 철도원의 눈은 어느 곳에서 방황하고 있을까
바람에 실려 온 햇볕이 강심을 녹여
바짓가랑이 적셔 건넜을 자갈밭
조약돌 만지작거리는 딸
낚싯대 드리운 아들
그루터기에 떨어지는 한숨은 왜 흰색인가
솜털 이파리가 물안개에 젖어
너와집 문설주에 뿌리 내린 여인
발가락이 물결에 쓸려 부르튼 입술
푸석한 몸 감싼 자작나무 껍질이라 하겠네
기차는 보이지 않고
뗏목 위 밥 짓는 벌목공 따라 하류로 휩쓸려

인기척 없는 건너편 그림자들

목 놓아 불러도 기척 없는 산자락

애타던 이름은 수풍을 거쳐 신의주에 닿겠네

봄빛의 습격에 나른해진 국경

철조망에 걸린 초병의 눈도 햇살에 풀어지고

오월은 희디흰 팔뚝에 무르익어

아우성치듯 연둣빛 눈이 불끈 돋아나는가

마파람과 북새바람의 간극 거슬러

자작나무 숲에 스민 저녁이 풍경을 접고 눈도 감겨버렸
는가

얼음 왕국
— 집 안에서 만포를 보며

누군가 선명하게 찍어놓은 발자국
달빛은 외출 중이다
별빛마저 어디론가 떠나
한 방향으로 몰려간 서늘한 행렬
백양나무 가지에 매달린 얼음 알갱이
두텁게 쌓이는 가로등 불빛
댓바람은 새파란 입술 바삭바삭 깨물고
실눈 깜빡이다 얼어버린 강
시선은 건너편 날려가는 눈발에 멀어져
물껍질 두께 가늠해본다

발자국 주인은 어디서부터 족적을 찍었나
먹먹한 가슴 휘청거리고
어둠 밝혀 함박눈 내린다
첫눈 본 강아지처럼 찍어놓은 선명한 자국
발자국이 발자국에 묻히는 시간
푸석한 허공으로 날려보는 휘파람 소리

흔적이 흔적 덮고 포개면 언제쯤 편편해질까

흐르는 강은 결코 얼지 않는 법

얼음과 물의 경계

눈밭에 흩어진 채 비틀린 테두리

더욱 거칠게 몰아치는 바람

한 두릅 철조망에 걸려 펄럭이는

얼굴 없는 소년의 그림자

무시로 강을 덮어버리는 폭설

발자국은 자꾸 눈 더미에 묻혀가는데

혜산의 어둠

삼수갑산을 가보았는가
회색 그림자가 심심유곡에 일렁대고
가파른 능선이 강물에 빠져 헤어나지 못할
갈대 우거진 강변
저녁연기 나지막이 깔리는 성냥갑 같은 집
날 닮은 여동생이 살고
온종일 기다리다 지친 누이가 잠든
삼수갑산 간이역 지나치는 기차를 보았는가
회색빛 이념이 섬을 만들어
굵은 철조망이 강변을 막아버린 곳
어린 꽃제비 무작정 강 건너 사라진 곳
어둠 짙어가는 장백현
강변에서 손 흔드는 아이와
나를 향해 총부리 조준하는 초소의 군인을 보았다
산 그림자 젖어드는 집과
저녁연기 속으로 사람들은 점차 희미해
장백현 불빛에 눌려
지워진 길 위에서 방황한다

나지막한 지붕이 춥고 황량한 강변
압록강 이천 삼백 리 굴곡의 시간은
물결 흐르는 속도로 저리 유유자적 흘러가는가

역류하는 강

밀물이 닥칠 시간이면
심장은 바닥부터 끄르륵거렸다
안개 속에서 꿈틀대는 푸른 하지정맥
정강이 부근에서 성장 멈춘
파르르 떠는 버드나무 그림자 쓸며
거꾸로 흐르는 강
가장자리엔 저녁을 등진 그림자가 고여
반쪽 난간에 핀 가로등 불빛 따라
바람에 묻어 흐느적거린다
물속으로 빠진 단동시의 건물들이
잔물결에 떠다니며 몸을 밝히고
물속 어둠과 건물 속 빛이 하나로 출렁대는 저녁
수평의 침묵 아래 빛을 삼키는 물고기들
생의 열쇠는 아가미와 부력인가
애드벌룬보다 높게 출렁대는 코발트빛 울음
국경의 비중은 너무 무거워
가빠오는 허파 호흡
발 디딜 바닥이 없어 익사하는 고래처럼

먹먹히 바라본 건너편 초소
가물거리는 말간 등불에 어둔 밀물이 닥친다

압록강 지류

자작나무 그림자만 남긴 민둥산 아래
물속으로 곤두박질치는 해
떠다니는 노을에 입맛 다시는 피라미 떼
얕은 물 건너는 바람 소리에
굴곡진 풍경은 둔치에 나풀거린다
닦아내지 못할 강의 얼룩
옥수숫대 쌓인 밭두렁에선
고추잠자리가 격렬하게 짝을 찾아 곡예비행을 한다
먹먹한 마음이 실타래처럼 꼬여
손바닥에서 지워진 길을 헤매는 동안
붉은 섬광으로 빈둥거리는 국경
초병의 눈초리에 강물은 흐느낀다
도리깨질 한창이던 들판에서
철조망 사이로 빠져나오는 어둠의 숨비소리
깊은 수렁의 저녁을 통과하는
새들의 날개에서 노을이 뚝뚝 떨어진다
막다른 길 서성이는 걸음
한 계절 지난 옥수수 더미 속에서
부르튼 발바닥 냄새가 강변으로 흘러내린다

몽유

서쪽 하늘에서 붉은 파도가 밀려와
들판 휩쓰는 거친 물결
나무도 숲도 속수무책 휩쓸려
새들은 상기된 얼굴로 가쁜 날갯짓해댔지요
햇살이 미끄러진 강물로 추락하는 깃털
키보다 길게 늘어진
자작나무 그림자의 변명은 어둡고
저녁을 맞이하는 숨결은 헉헉거렸습니다
이분법 목청 들썩거리면
바위틈 음지식물이 희미한 빛 향해 손 내밉니다
충혈된 눈동자
한 겹씩 쌓이는 어둠이 몸을 흡수하는 시간
새들은 지워져가는 하늘 쪼아
강 건너편 노을에
잊혀져가는 얼굴 새겨 넣습니다
몽유병자처럼 더듬거리는 혼미한 잠
새벽 기다리는 발광체가 깜빡
강섶으로 날아든 새의 눈에 스며들어
물거품처럼 밤새 강물로 떨어질 초병의 눈꺼풀

눈빛 대화

역광에 비춰진 당신의 검은 얼굴
건너편 자맥질하는 아이들의 까만 머리카락
반들거리는 눈동자 보이시나요?
낯설지 않은 바람 뒤섞여 지나치면
둔치에 일그러진 얼굴
작은 파동이 수면에 내려앉는 동안
출렁거리는 산 그림자
낯설지 않은 길 위에 나풀대는 저녁연기와 노을
민둥산의 긴 아이라인처럼
강물 속엔 숨길이 살아 뽀글거립니다

자맥질하는 청둥오리 물갈퀴가
수면에 그려 넣은 뭉게구름을 휘저어
구멍이 숭숭한 시간 속에서
할 말 잊은 당신은 벙어리인가요
거짓말쟁이 냄새 나는 미소가 검게 피어나
지리멸렬한 시간의 끈
어디쯤에서 꼬인 매듭 풀 수 있을까요

길은 열리고 싶어
손끝에 닿을 듯 감각은 살아났지만
잡초만 무성한 길섶
어디쯤 당신이 건너올 외나무다리가 있을까요

뜬눈

왜소한 그림자가 벗어던진 새벽의 껍질
어둠을 벗어나면 다시 터널
마트료시카처럼 순차적으로 졸아드는 심장
몽유병에 시달리는 산 그림자 아래
강은 계절의 책갈피 넘기며 경계를 긋는다

어둠이 순백의 배경을 지배했던 겨울
눈밭에 선명한 흔적
찬바람은 사냥개 송곳니처럼
끈질기게 발목을 물어뜯는다
순풍이 몰려와 민둥산에 쌓인 잔설 헤쳐
복수초가 고개 디밀어도
잡목 사이 자작나무가 듬성듬성 눈뜬
장백에서 바라본 혜산의 얼굴은 회색이다

날카로운 바람이 문풍지를 들썩인다
헐떡거리는 숨결
족쇄 풀린 발자국이 급히 뛰어가는 소리

이편도 건너편도 인기척 없는 새벽
물살 쓸려가는 자갈밭에서
꼬박 밤샌 그림자들이 어둠을 수거한다

강변을 습격하다

초록은 짧은 시간의 얼굴
텅 비었던 겨울
건넛마을로 안부 전하는 인사말
초록 조각들이 허공에 외친다
"다들 잘 지내시죠?"
울울창창한 수채화가 간직해두었던
메아리를 조금씩 풀어놓는다
수백 리 걸친 국경
바짓가랑이 걷고 통나무배 타고 건넌 얼굴들
초록 필름, 초록 인화지
강화유리처럼 순간 산산조각 날 것 같은
아스라한 빛은 삼지연에서 왔는가 무산에서 왔던가
남쪽 바다 쪽빛 해변에서 떨어져 나온 물감이
능선 타고 번져 저리 훌훌 피어나는가
수평으로 뻗은 낙엽송 가지에서
초록 물감이 바닥으로 뚝뚝 떨어져
푸석하던 계절이 연초록 종종걸음 친다
예고 없는 융단 습격, 이파리 끝에 뭉쳐진 물방울

"잘 견디고 있습니다"
얼굴 없는 대답이 메아리친다
새빨간 거짓말일지나 그래도 믿기로 한다

어둠을 벗어난 그림자

이도백하진 내두촌
천지에서 꿈틀거리다 흠뻑 젖어
별들은 가슴에서 빛 하나 꺼내 출렁거린다
길을 만들며 헤맨 발자국
별빛 깊이로 조곤조곤 밟히는 마을
두려운 눈동자가 방문 두드리고
어두운 산 그림자 벗어난 발자국은 낯설다
딱딱한 윤곽의 능선
허약한 너와지붕엔 부엉이 숨어 사는 곳
압록과 두만이 있어 양강이라 했다지
아수라의 숲에도 별빛은 스며
국경 넘은 사람들이 잠시 숨죽였다 가는 동네
거미줄에 걸린 풀벌레 소리
옥죄어오는 긴장의 눈
어둠 속으로 사라지는 별빛 추종자
흩어진 그림자는 어느 곳에서 방황할까
우리는 생애 단 한 번이라도
두 팔 벌려 하늘 껴안아볼 여유가 있었던가

들쥐 향해 날아가는 부엉이 발톱
연이은 승냥이 울음소리
팽팽한 침묵이 가슴 짓누르는 산속에서
생은 예측치 못할 비명인가
쉿!
오늘 밤은 별빛 통로 따라 연길까지 걸어가야 해

구름 두부

콩깍지 날리는 연길 조양천 시골 마을
하늘하늘 두부가 떠다닙니다
백양나무에 걸렸다 옥수숫대에 미끄러지기도 하는
구름 알갱이 회오리치는 가마솥
목화솜처럼 뭉쳐 두부가 뜹니다
시든 호박꽃 가슴에 늘어뜨린 칠순 누이
나무 주걱으로 구름을 담아냅니다
오랜만에 찾아온 남동생은 고봉 그릇 뚝딱 비웁니다
배 깔고 누운 어미 소
입가에 구름을 물고 되새김질합니다
생당쑥 베어낸 자리에 가을은 내려앉고
기왓장 틈새 바위솔 군락도 입맛 다시는데
금방 갈 걸 왜 왔냐며
먹는 둥 마는 둥 저녁상 물린 자형은 역정입니다
얼굴엔 먹구름 잔뜩 끼었습니다
능선의 두부가 채송화처럼 붉고
서늘한 바람이 마당을 돌아 나간 뒤
두부가 떠다니던 하늘에 빼곡 들어찬 별들

나리꽃 활짝 핀 삽짝까지 따라와

뒤돌아 박명에 들썩이는 누이의 어깨

까무룩 떨어지는 별빛도 오늘은 밤새 뒤척일 겁니다

백두산 일출

오랜 시간 고치 틀고

천지 깊이 잠든 꿈 한 덩이

새벽바람에 슬쩍 잠 깨어

소리 소문 없이

우화를 준비하는 한반도의 무게

제3부

눈이 아프다

용정에서 두만강 샛길 들어서니
영락없는 고향길이다
건너편 산자락 곁으로 바짝 다가선 뭉게구름
둔치 따라 자라는 옥수수
깊어지는 물결도 침묵으로 흘러
깨진 거울의 파편처럼
부신 물결의 조각들이 눈동자에 빠져들 때
강은 오롯이 출렁거린다
무산 굽이돌고
다시 회령을 돌고 돌아
두만강 오백사십칠 킬로미터가 눈꺼풀 속에 잠긴다
절뚝거리는 생의 배경음악은 왜 슬픈 단조인가
외로운 절규
고독한 질주
그리고 짧은 비명
수많은 숨소리 감추고 말없이 흐르는 강

돼지 멱따는 날

단말마 비명은 극렬히 신경을 긁는다
백두능선 아래 첫 동네 내두촌
동네에서 가장 실한 돼지를 골라 멱따는 날
죽는 날 받아놓고 거들먹거리는 돼지
덩치 큰 녀석일수록 사나운 눈꼬리
거대한 몸집과 날카로운 시선
필경 동네를 싸잡아 쥐어도 시원찮을 놈의 텃세에도
목줄 움켜쥔 손바닥은 당당하다

천지 물길이 지나치는 둔치
민들레 눈빛으로 노란 오후를 기다렸다
덩치는 쓰러졌고 시선은 흩어졌다
돼지의 주검으로 산골의 밤은 흥청거리고
승냥이 울음소리 가까이 들려
누군가 야밤에 돼지고기 먹으러 오시는가 보다
어둠 속에서도 날카로운 시선
숲에서 바라보는 빨간 눈의 그대
돼지 살점 독점하며

애먼 목숨 구실 만든 봄날 탓하지 마오

죄지은 놈 목청은 언제나 우렁차고
어둠은 동조자며 날조자다
지리부도에 없는 길 만들며 야반도주하는 목숨
함께 돼지를 먹어치웠으니 공모자 아니던가
대처에 기댈 몸 없이 첩첩산길 걸어온 당신
위정자의 거친 손 뿌리치고
잡아야 할 돼지가 있다는 것만으로도
우리는 마주 보며 웃지 않는가

제망매가

연변 어스름한 저녁
비틀어진 간판 글씨 가물거리는 조선족 선술집
양고기 몇 점 석쇠에서 지글거리네
숯불에 견디지 못한 고깃덩어리가 마치
거미줄에 걸린 목숨 같아서
젓가락질도 주춤거리는데
분주한 바람이 골목길 후다닥 지나치네
연이어 재잘거리는 웃음
하늘은 맑고 구름 몇 점 떠도는 동북 가을날
힘들게 만나 허무하게 지나치는 얼굴
왼쪽 가슴에 인공기 배지 단
유경식당 앳된 아가씨들 줄지어 걸어가네
남쪽에서 온 이방인은
벙어리처럼 말 한마디 못 하는 타국인이 되었네
바람이 시간을 끌고
계절은 절로 고개 숙이는데
어디쯤에서 서로의 안부 서슴없이 물어볼까
양고기가 익어 자르르 흐르는 기름

미끄러지듯 경계도 허물 법한데
오랜 시간 역방향으로 불어간 바람이여
그 바람 등지고
이국의 가을 거니는 어린 누이들이여
스친 먼발치에서 읊조리다
말문 막혀 바라만 보는 먹먹한 하늘

누이야

초저녁 별빛 껴안은 잡초들
흰 등짝으로 앉아 있는 국경마을
노을 뿌려둔 밭고랑에선 싹 틀 기미가 보이지 않아
낯선 이방인의 시선은 가늘어진다
바쁘게 기울어가는 시간
봉쇄된 안방에서 무엇이 보이랴
밖에서 안쪽을 기웃댄들 집안 사정 알겠는가
나무껍질 담장을 불태워야겠다
물소리에 현혹되지 말고 별빛 되돌아봐야겠다
가물거리는 건너편
보리밥 달게 먹던 유년의 저녁이 생각나
물소리 걸린 철조망에 귀 기울여야겠다
발목 휘감은 물안개 사라지면
한 가닥 어설픈 기억이라도 남겨야지
밤마다 고라니 가족 내려오고
굶주린 멧돼지가 파헤친들
계절이 가기 전에 옥수수 씨앗을 심어야지
어둠 헤치는 발목이 걸려

무시로 곤두박질치던
녹슨 철조망도 해 지기 전에 거두어야지

짝태의 눈

남사할린 바다 어딘가 지나칠 즈음
블라디보스토크 불빛과
평양관 종업원의 여리디여린 눈빛이
바짓가랑이에 걸려
수면에 드러누운 해무처럼
짙어가는 파도 속으로 빨려 들어갔습니다

펄떡이는 심장
우르릉거리는 밤바다의 폭설 뚫고
경계 무너진 어둠
국경의 물살 타고 무비자로 건넜습니다

연변 눈밭 뒹굴던 시간은 화석으로 굳어
얼었다 녹아내린 계절
꿈틀거리던 눈동자가
민둥산 잔설 속으로 사라집니다

방망이로 두들겨 배 갈라

바스러진 등뼈 긁어내고

투박한 겨울햇살 아래 휘어진 길의 종지부 찍습니다

동해가 보이는 언덕배기

지느러미조차 말라 항해 멈춘

지독한 멀미, 이제 닻을 내려도 좋겠습니다

한눈으로 3국을 보다
— 토자패* 앞에서

녹둔도 머리 위로 새파란 선을 긋는 동해

눈에 넣어도 아프지 않겠다

오래된 함성 밀려올 것만 같아

자꾸 시야가 모래섬 너머 향한다

시계가 멈춘 국경의 정물화

하산으로 연결된 철교는 덩그마니 고민에 빠진 모습이다

건너편 함경북도 선봉군

시름한 적막이 강을 뒤덮고

이름 모를 물새 한 마리 긴 울음으로 날아간다

안중근 의사가 기거했던 방천

오랜 흔적 지워졌는데

두만강은 시간의 기록 아직도 간직하고 있을까

저 강 건넜을 님

블라디보스토크에서 하얼빈까지

가슴에 별 하나 품고 떠난 그날 생각에

시야는 자꾸 바다로 향한다

녹둔도 고운 모래로 만든

모래시계 속에서 폭풍이 일 것만 같아

팽팽하게 당겨진 일촉즉발의 시위
수거되지 못한 욕망 넘실거리는 민둥산
치유해야 할 상처가 너무 많아
절룩거리는 풍경
철조망에 걸린 태양의 붉은 눈 아래
아우성으로 뭉쳐진 힘없는 것들의 까만 눈

* 토자패 : 중국, 북한, 러시아 3국이 국경을 이룬 두만강 하류에 세워진
  표석.

장령세관

훈춘국제버스정류장에 바람이 몰아친다
러시안과 뒤섞인 검은 눈동자
보따리 눙쳐 들고 산을 넘어온
그대 굴곡진 산길에도 들꽃은 피었던가
연해주 하늘에도 뭉게구름이 걸렸는가
국경의 철조망은 녹슬고
세관에 정박한 버스의 얼룩진 창문과
복무원 눈초리 피해
보따리 하나 더 들고 승차하려는
애절한 흑요석 눈동자의 여인
우라지오 향하던 이용악도 저런 심정이었을까
산길 들어선 버스는 뒤뚱거리고
나지막한 황무지에 핀 들국화
육성촌 건설했던 시절에도 곱게 피어났으리
식솔 이끈 가장이 무작정 걸었을 길
침묵으로 봉인된 국제버스 타고 그 길을 복사한다
크라스키노 삼거리에서
북쪽 길과 남쪽 길 두고

어디로 갈지 몰라 어설프게 서성댄다
미처 몰랐던 민초들의 흔적과
국적이 모호한 고려인 보따리장수의 검은 눈동자
어둠에 잠식당한 발해의 기억
그리고 국경 너머 사라진
어린 꽃제비의 발자국 찾아 떠나야겠습니다

가슴에 흐르는 강

자작나무 숲에 눈이 내리면
인위적인 듯 정물 속에 움직이는 실루엣
하얀 캔버스에 그림자 뿌리며 날아가는 기러기
그대는 어디를 향해 그토록 바삐 달려가는가
폭설에 갇힌 홋카이도 원숭이처럼
붉은 얼굴, 검은 눈동자
무엇을 그리 갈망하는가
생은 소나무 잎사귀에 쌓이는 눈처럼
무겁게 어깨 짓누르는 것
정지된 강의 배경
물의 껍질이 쌓여 두터운 각질 되기 전
봄바람은 다시 불어야 하고
누군가는 거리낌 없이 언 강 건너야 하리
코앞에 동해를 두고
눈이 시리도록 바라보는 하구
건너고 싶은 욕망이 뭉쳐
각막 속에 풍경 한 점 각인된
시야를 찢어 어둠을 꺼내 강물에 던져버려야겠다

가쁜 숨결이 날리는 국경도시
외화벌이 평양 아가씨들은 어디로 흘러갔는지
빛과 그림자의 동반은 숙명인데
얼음장에 찍힌 주인 잃은 발자국 지우기 위해
동토 위로 억세게 내리는 폭설

소야(消夜)

슬픈 얼굴로 먼 산만 바라보았네
거침없이 산 그림자 베며 달려드는 서슬 푸른 초승의 칼
발자국 소리 끊긴 벌판에
진달래는 피고 지고
밤은 실타래 풀리듯 천천히 타오르네

오랜 시간 나는 젖어들었네
눈먼 노을이었다고
짙은 안개가 시야를 가렸다고 변명하고 싶을 만큼
어둠은 불안한 갈림길
고양이처럼 등을 휘고 휘어진 근육 혓바닥으로 쓰다듬
었네
창밖은 희미한 실루엣
그 너머엔 내가 닿지 못할 풍경
이편에서 발을 담가
건너편 아이의 체온만이라도 느낄 수 있다면

잔설이 잡초 그루터기에 남아 을씨년스런 저녁

불꽃 번지는 잿빛 하늘이 물결에 부셔
완벽하게 불타오르는 강의 파장
슬그머니 넘어가는 해의 무거운 눈꺼풀
밤을 견뎌야 할 힘없는 것들의 심장
들불이 옮겨붙자
루비가 흐르는 두만강을 건너가는 기러기 떼

불덩이 지나간 강심에 우뚝 멈춰선 달
찰랑찰랑 물든 종아리
고무신 양손에 쥔 미루나무가 눈치껏 건너오네
옥수수밭 뒤로 불빛 한 점 없이 잠든 집
적막의 틈새에 무섭도록 덩그런 모습
짙은 어둠에서도 눈동자는 또렷이 들썩거리네
불씨가 남은 강을 건너야 할 두려움에
눈꺼풀 위로 타오르다 불티만 날리고 사그라지는 밤

변방의 넋두리

도리깨질하는 들판에 피어난 먼지구름
멍석 위에 널어놓은
비틀어진 콩깍지 틈새에서 서리태가 반짝였습니다
미루나무 그림자 일렁대는 둑길
선잠 빠진 초소가 기우뚱거리는 동안
응고된 햇빛이 말라가는
뗏장 무성한 풍경 속으로 걸었습니다
입속에 소금 한 줌 머금은 명태처럼
부르튼 입술의 바삭한 식욕
새털구름이 날렵한 질감의 풍경으로 떠다니는
유통 지난 갈바람의 표정이 궁금했습니다
수천만 눈동자가 지켜보았던
최고점의 시간을 훑고 걸어간 금단의 길
두텁게 퇴적된 경계를 넘어갔던 거대한 첫걸음
누군가는 건너가야 할
어깨를 스치며 건너와야만 할
발길의 감촉을 잃어버린 오래된 길
일그러진 햇살로 덧칠한 그늘의 관념인가

허허롭게 손짓 보내도 쓸쓸한 국경
사선 긋는 햇살에 철책은 유유자적합니다
산그늘이 걸어놓은 땅거미는 딱딱한 커튼인가
철딱서니 없이 어눌한 저녁
농 짙은 노을이 빈손으로 허공만 휘젓습니다

범법자들

자작나무 숲 헤친 길은 어디에 닿을까
두만강 일출과 압록강 일몰 두고
희부연 북경의 수도공항에 닿았다
로비에 들어서자 날카로운 눈매의 사내가 손을 내민다
기념으로 북조선 화폐와 교환하잔다
블라디보스토크 외화벌이 노동자로
북경에 왔다가 평양으로 돌아가는 길이란다
한국인 상대로 위조지폐를 판다는 짐작이 갔으나
투박한 손등 닮은 민둥산과
강변에 자리 잡은 너와집 지붕 떠올리며
선뜻 거머쥐었다

바다 건너는 내내
먹먹한 가슴과 괜한 짓 했다는 생각이 교차했다
공항 로비에서 맞닥뜨린 뉴스 자막
정치인들의 뇌물과 비자금
정경유착의 탈세와 비굴한 웃음들
왜 법을 어긴 기득권자들은 웃는 걸까

억 소리 나는 얼굴 보면서
북한 위폐를 만 원으로 교환했으니
나의 죄목은 무엇이냐
국고 손실인가
외환관리법인가
세종대왕 얼굴을 팔아먹었으니 초상권 침해에
국가원수 모독죄인가
죄 없는 죄목으로 바닥만 보며 걷는 이 한둘인가
제아무리 높은 죄목 끌어다 붙여도
국가보안법보다 더하겠는가

늙은 개

떠돌아다닌 눈은 맑고 투명하였다
빛이 어둠에 잠식당하기 전
눈동자는 반짝였고 어둠에서도 익숙한 길이었다
방황하고 맹목에 길들여진 건
초롱거리던 두 눈 잃었을 때였다
모든 길엔 족쇄가 채워졌고
발자국 소리에 기울이던 귀도 난청에 힘겨웠다
바람 불고 눈비가 들이쳐도
잠식한 풍경들은 장막을 거두지 않았다
거친 목소리로 윽박지르던 심장
총성이 메아리로 되돌아와도 두려움은 없었다
그 길 서성이던 너는 누구인가
너를 바라보던 나는 누구던가
담벼락에 붙었던 햇볕도 사라지고
기웃거리던 눈길도 증발했다
물길이 갈라놓은 외나무다리에서
푸석한 먼지처럼 각질이 떨어진다
머나먼 남쪽에서 첫눈이 내린다

기억을 수거당한 오랜 뒤
폭설 탓인지 희미하게나마 국경이 떠오른다
멀리서 개 짖는 소리
눈보라에 지워진 철조망을 떠돌던 국경의 개가 보인다

훈춘에서

하늘을 껴안은 채 얼어버린 도시
폭설 뚫고 날아가는 물새
눈 속에 타오르는 길
칡넝쿨 감겨 든 목덜미
자작나무는 저녁연기에 휩싸이고 말았네
물결은 바람의 문양 따라 얼어
차가운 얼음장 아래 숨죽이고 있을 여린 것들
잿빛 하늘과 능선
사랑하지 않을 수 없는 당신
백석과 당나귀 그리고 나타샤를 잃어버린 곳
인기척이라곤 없어 소름이 돋아
살얼음 서걱대는 술병을 흔들어보네
커튼 열면 또다시 검은 장막
먹먹한 가슴에 이토록
훈춘의 밤은 차가운 발톱 드러냈구나
고양이 등처럼 휘어진 나뭇가지
불빛 하나씩 걸어놓고 변방은 잠들지 못하는데
어둠 내리는 눈발 바라보다

푸르르 밝아오는 새벽 눈동자 창가에 비쳐

검정색 커튼 달아 눈감고 말았네

저녁 통증

하늘은 공허했다네
둑방 길에 개밥바라기별이 홀로 거닐 즈음
어둠에 익숙한 눈먼 쥐들의 가슴은 얼마나 파닥였는지
가쁜 숨소리로 스며드는 두려움은 사치였네
승냥이 울음
가는 풀벌레 소리
감각이 사라진 손가락
통증 동반한 저녁의 풍경도
곰팡이 냄새 나는 어둠 속으로 빨려들었다네
날벌레 향해 튀어 오른
물고기 파문 위로 곡예비행 하는 박쥐들
날카로운 풍경에 저녁은 혼돈에 빠져
물비린내 몰고 온 흉흉한 바람이 강변을 뒤적거리네
별빛 부여잡던 온기만 남기고 사라진
먼 길 재촉하며 떠난 아이의 손길처럼 애처롭네
겹겹이 허리 두른 무거운 시간
긴장했던 생의 비린내가 사라지면
철조망 사이 깜박거리는 반딧불이의 가슴

제4부

황무지에 핀 민들레

— 최재형

대기근에 초목도 쓰러진 반도
쇄골 드러난 황량한 두만강 건넜을 선생
방천 끝자락 삼국이 훤히 내려다보이는 전망대에서
민초들이 지나갔음 직한
하산 기차역과 녹둔도 너머 푸른 동해를 보았다
산그림자 드린 건너편 함경도 들판엔
왜가리 두어 마리 날아다니고
언제 지나갈지 모를 기차 기다리며
조러 국경 잇는 철교는 시름에 저물어갔다
훈춘 떠난 국제버스가 크라스키노 삼거리 지나칠 때
차창으로 우수리스크행 버스가 보였다
기념관으로 단장한 얀치혜의 집 상상하며
오래전 지적에서 기웃대다
경계심 가득한 러시안 주인에게 항의 받고
먹먹한 걸음으로 되돌아오던 날 떠올렸다
거친 바람 몰아치는 연해주 황무지
선생이 세운 한인학교의 아이들은 모국어를 익혔고
벽난로같이 따뜻한 가슴은

폭설에 견디는 자작나무처럼 굳건했으리
블라디보스토크 신한촌 거리부터
크라스키노 능선 머나먼 북쪽까지
뽀얀 입김으로 달려갔을 동의회, 권업회, 동지들
하얼빈으로 떠난 대동공보 기자 안중근
헤이그 밀사 이상설, 이준, 이위종,
연해주 독립운동의 대부인 선생을 생각한다
강제 이주된 고려인 마을은 허물어지고
하바롭스크로 가는 국도엔 굉음 지르는 화물차만
휘청거리는 들판에서 황량한 바람 일으킨다
봄눈에 솜털 씨눈이 설렜을 그해 사월
자작나무 희디흰 껍질과 잔설이 쌓인 거리에서
군국주의 괴물들이 휘두른 총검
선생은 군홧발 찍힌 눈밭에 붉은 꽃잎으로 쓰러지셨다
미완의 독립인 한반도
노블레스 오블리주가 그리운 요즘
선생의 자취 따라다니는 것만으로도 가슴이 뛴다
들국화 꽃잎 위로 노을 짙어가고

황무지에 걸린 태양을 향해 달려가는 횡단 열차
긴 그림자 끌며 지나간 북쪽으로 다시 세찬 바람이 분다

철조망 증후군

모래톱은 물새 여럿 키웠다

날지도 못할 날갯짓

발톱이 쇠창살 스칠 때마다 부서지는 물결 소리

국경의 철조망은 두터운 얼룩에 잠식당해

녹물 번지자 새는 비명을 질러댔다

잠시 새장이 열리기도 했다

그 시기를 놓치지 말라는 충고도 빠뜨리지 않았다

탱탱한 새소리가 집을 뒤흔든 불안

눈물관 막힌 유리창은 뿌연 먼지를 털어댔다

뒤꿈치 세워도 손이 닿지 않아

날갯죽지로 탁탁 먼지를 날렸다

부리 부딪치면서도

저만치 보인 바깥 풍경에 세찬 날갯짓만 해댔다

새는 보이지 않고 새소리만 들려와

쪽문 밀고 들어온 풍경 한 폭

상수리나무에 매달린 태양이 덤으로 딸려 왔다

눈부셔 찡그린 미간

풍경 거머쥔 새들이 숲을 펼쳐 들었다

조리개 밀고 당겨도 희미한 윤곽

코앞엔 성근 이파리 도드라진 물관이 보였다

흐릿한 풍경 대신 강물은 너무나 환했다

새들이 사라진다고 무시로 잔소릴 해대는 철조망

널브러진 깃털 날린다며 눈알 부라렸다

누군가 재빨리 잠금장치를 봉인했다

강변에서 먼지바람 불어

풍경은 강물에 갇히고 새들은 유리창에 박혔다

유리창은 숲에 감금되고 숲은 사라졌다

물새들은 미처 철조망 증후군의 부작용을 알지 못했다

필담(筆談)

좁은 식도가 어둠을 삼킨 연길 뒷골목
담장에 기댄 화로에 불을 지피는 젊은 사내
예비 신부 생일이라 고깔모자 쓰고 케이크에 성냥불 긋는다
내몽골 어디쯤 고향이라는
그가 구워낸 양꼬치에서 초원 냄새가 난다
뭉게구름처럼 몰려다니는 양 떼가 골목길 밝혀
휘파람에 맞춰 더욱 빨라진 손놀림
앳된 얼굴 바라보며
사내는 양꼬치를 연신 뒤집어댄다
돌개바람 몰아쳐 폭죽처럼 날아 흩어지는 불티들

예비 신부에게 祝賀 메모지 건네니
謝謝라 화답한다
볼펜 한 자루와 손전등을 선물로 주자
양 떼 울음처럼 피어오르는 환호성
꼬치 한 접시가 덤으로 나왔다
머나먼 북쪽에서 몰려오는 목초 냄새에 눈을 감았다
연신 기마 자세로 꼬치를 굽는 사내

평원을 달리는 말굽 소리가 그리운 것일까
유목의 피가 솟구쳐 들썩이는 어깨
휘파람 소리 끊이지 않고
종종걸음 치며 골목길 뛰어다니는 양 떼
초원에서 불어온 한 무리 바람이 타닥타닥 지나간다

단단한 바람
— 조명희 비석 앞에서

오랜 시간이 걸어간 뒤
바람이 쓰다듬은 흔적 뚜렷한 비석을 마주했다
독수리전망대가 지척인
블라디보스토크 러시아극동대학 한적한 뒤뜰
선생은 나지막한 모습으로 반기셨다
루스키섬에서 불어오는 바람에
먹먹하단 핑계 대며 손으로 눈을 가렸다
자작나무의 부릅뜬 눈
재잘거리는 학생들의 가벼운 발걸음
선생이 거닐던 신한촌은 흔적 없고
로스키들은 초가 허물어 신도시를 만들었다
아나키스트 발자국은 흩어져
극동함대가 정박한 항만에서 불어오는 바람에
자작나무 이파리는 자꾸 붉어졌다
바람은 북쪽으로 거칠어지고
우수리스크 육성촌 황무지에 자욱한 먼지
창틀만 남은 한인학교
유리창에 비친 풍경 그리워하듯 고개 디밀어 교실을 보

았다

　공허한 내부 그리고 침묵

　중앙아시아로 강제 이주된 까만 눈 아이들

　아무르 강변의 외줄기 총성으로 쓰러지신 선생

　낙동강은 사실을 아는지 모르는지

　남쪽 강변 사람들에겐 이미 잊혀진 비석

　수이푼강에 슬픈 유허비가 있듯

　선생은 거친 바닷바람 부는 러시아극동대학 뒤뜰에서

　홀연히 남은 시간 기다리시는가 보다

　자작나무 떨어지는 계절을 순한 미소로

　반도에서 불어오는 소식은 차분한 가슴으로

　분단의 조국 먹먹한 시선으로 저리 바라보시는가 보다

동해 일몰

남쪽으로 뱃머리 돌린 선상
블랙홀로 빨려드는 눈동자 보았네
수평선에 걸린
굴곡진 파도 아래 떨어지는 눈빛
삼각구도 직선 길
힘겹게 점으로 사라지는
늙은 고깃배 한 척
시선이 닿히는 수평선 너머
닻을 내릴 함경도 어느 바닷가
짙어가는 어둠의 문양 속
밥 짓는 연기 자욱할까
소금꽃 핀 어부의 어깨에
허기진 노을 몇 조각 팔랑팔랑 따라갈까

다시 압록강에서

두근거리던 흔적 아무도 찾지 않는 강변
지천에 핀 민들레
깊은 잠에서 깬 어린아이 눈인가
새까만 눈동자에 붙은 샛노란 배꼽들
숨소리도 숨죽인 아득한 적막
맨얼굴에 덕지덕지 노을 바르고
어둠에 희석될 때까지 다 받아들였구나
황토밭 고랑에 고이는
아름다운 색감의 조화는 상상하지 말자
지상에 펼쳐진 현상보다
보이지 않는 허상에 우리는 더 열광하지 않는가
철조망 틈에 피어난 슬픈 눈동자
색맹의 계절 지나간 발자국들
강 건너 수런거리던 목소리에 애간장 녹았구나
길 없는 길 위에서 마주친
수많은 사람들의 먹먹한 가슴을 담아
오랜 시간 노을에 갇혀 있었구나
바닥에 납작 엎드린
물의 손길로 빚어진 돌 틈에서 빛나는 오래된 얼굴

북쪽 길

붉은빛 날숨이 가쁘다
칼칼한 갈매기 울음 귓바퀴 맴돌고
물길 휘적이며 가는 뱃고동
해안에서 멀어지는 나무와 집
혼미한 마음 가다듬어
두루마리처럼 감긴 물결 풀어놓으면
육지는 순간이동 한다
해면에서 수직 상승하는 갈매기
교각 이은 바다로 질주하는 위태한 얼굴들
길은 물속으로 곤두박질치고
꼼지락거리는 발가락부터 생각이 싹튼다
미지의 항로에 불안한 눈빛
두려운 바람의 목청은 거칠다
먹이의 절대적인 유혹
과자 부스러기에 온몸을 던지는 갈매기들
저녁이 붉어지고 세상은 불거진다
지상의 머리카락은 물들어
살아 있는 목숨들이 집으로 돌아갈 시간

짙은 어둠 속 밤배의 가쁜 숨소리
등대는 항해자를 위한 불멸의 신호등 유지할 수 있는가
사위로 사라지는 어두운 눈빛
혼돈의 연속 그리고 수면 아래 잠든 힘없는 것들

출렁거리는 신념

자작나무를 심자
민들레 노란 눈웃음이 그리울 때
녹슨 바람 한 줌 손에 쥐고
강변에 눈 녹고 새소리 날리도록
강물 빨아올려 나뭇잎 무성하게

휘파람은 어디에서 방황하고 있는가
울울창창한 숲의 근육
힘겨운 시간은 가슴에서 단단해지는데
바람 소리도 느끼지 못해
너울 일렁이는 저녁의 비음

철조망과 강이 맞잡은 악수는 숙명이 아니기에
헐거워진 빗장 열고
천년의 보폭으로 물은 흘러갈 것이니
숲에 붙박였던 눈길 외면한
기득권인 당신의 두려운 눈빛 분명치 않은가

강변을 뛰어가는 아이의 실한 엉덩이처럼

벌거벗은 상상을 하자
껍질 벗은 모습 강물에 비치면
너울에 쓸려간 이파리를 그리워하자
무화과나무처럼 가슴속에 꽃피우고 향기는 버리자

물의 기억

그의 얼굴은 늘 무표정하다
따뜻한 빛이 어깨 감쌀 때
싸늘하게 식어가는 계절을 느낄 수 있었으나
민둥산 능선 너머
차가운 손가락이 산길 더듬거릴 것만 같아
오후 내내 강변을 바라보았다

저 물빛의 근원은 어디인가
심심유곡 너와집 처마와
자작나무 가지에 매달렸던 고드름 군락
물방울이 뭉쳐 계곡 만들고
바위틈 지나 철조망 뚫어 낮은 쪽으로 향하는데
강변 서성대던 그림자의 심장박동
투명한 몸 가르며 건너간 기억

어둠에서 벗어나고파 바깥을 돌았다
껍질 찢고 안쪽을 들여다보려 해도
턱없이 부족한 시력

다시 어둠 속으로 빨려들고

무한의 시간 속

물을 갈랐던 흔적이 사라진

이국에서 바라보는 국경의 표정은 쓸쓸하다

불편한 계절

송곳니 세운 철조망 사이 제비꽃 핀다
손가락 끝에 민들레 싹틔울 시간
반목을 반복하는 계절은
군락으로 핀 할미꽃 얼굴 기억이나 할까
노을에 빠져 침묵하는 동안
날벌레 향해 피라미가 튀어 오른다
잔설에 눙쳐둔 눈동자와 지워지지 않을 발자국
꽃눈 내리는 봄날 저녁
곰팡이 냄새 나는 어둠 열고
물의 창 깊은 강심으로 뛰어드는 꽃잎처럼
연분홍빛 나비 되어 날아오르자

공허한 가슴 삭아드는 폐선 한 척
딛고 지나간 발자국이 고스란히 각인된
갈비뼈 사이로 출렁거리는 노을
가로막힌 철조망의 이빨을 몽땅 뽑아버리자
연둣빛 함성으로 밀려오는 봄
하늘과 바람, 들판이 질투하는

물비늘 그림자가 걸려 펄럭이는 철조망
아들딸이었고 이웃이었던 얼굴
침묵을 사르지 않고서야
손끝에 전해질 체온 어디에서 느껴보겠는가
불타는 강에서 어떻게 사랑을 날려 보내겠는가

손바닥 수맥

자작나무 가지가 물속으로 곤두박질친다
수평선 뒤로 해가 버둥거리면
과녁을 그리는 피라미 떼가
표면장력 버티는 노을에 입맛을 다신다
서둘러 첨벙 강 건너는 소리
철조망의 어금니에 걸려 파닥거리는
뜯겨난 옷자락 주인은 누구인가
반세기 굴곡진 풍경 귀퉁이에
아무도 닦아내지 못할 얼룩이 졌다
머리가 어지러운 초록
수맥을 향한 발가락이 가려운 텃밭과 민둥산
정수리에 꽂힌 햇살에 주눅 들고
옥수숫대 동여 올린 두렁에선
발효된 시간의 냄새가 쓸려 내렸다
빈둥거리는 해거름
도리깨질 한창인 저녁엔
강바람이 노을에 섞여 봉창으로 스며들었다
옥수숫대 더미 속에서

들쥐가 격렬하게 낱알을 찾아 들썩였다
귓전 맴도는 어둠의 숨비소리
계절 지나는 동안 달궈진 마음이
거미줄처럼 엉킨 길을 헤쳐나갈 때
누군가 잎맥의 길 더듬거리며 강을 건너왔다
그럴 때마다 빨간 섬광으로 빛나는 눈이
물길을 차단하곤 했다
깊게 팬 저녁을 통과하는 새들의 날개에서
젖은 노을이 뚝뚝 떨어졌다

생의 줄기

한 줄기 용오름을 거스르는 물고기
물속의 목소리가 하늘에 닿아
한껏 솟구친 생의 원천이던가
힘이 넘치다 못해
대지를 박차 하늘의 자궁을 뚫는 난생의 근원이던가
홀로 들길을 걷다가
이발소에 걸린 춘화처럼
무심코 눈앞에 펼쳐진 풍경과 마주친다면
휘파람 불며 콧노랠 흥얼거리겠다
샛강의 발원지를 찾아
강바람은 오늘도 역풍으로 거슬러 간다
갈비뼈 사이로 출렁거리는 물결
초조한 눈길 주고받던
아들, 딸이었고, 아버지, 어머니였던 이차원 평면들
삭정이와 뒤섞여 떠내려간다
팽팽하게 당겨진 불안한 평온
관목 가시에 너덜거리는 햇살이
그림자가 떠내려간 개울물에 넘실거린다

물총새 한 마리 긴 울음으로 사라진
서늘한 풍경의 간극에
숨죽여 어두워질 때까지 무작정 둑방 길을 걸었다

막대자석의 습성

푸릇푸릇 동공이 부풀어

쇳가루들은 갈팡질팡했습니다

꼿꼿하다가도 와르르 무너져 내려

자력의 울타리에서 뒤척대기도 했답니다

초음파에 날개가 꺾여

휘적거리던 몸에서 배꼽이 지워져도

길을 잃고 싶지 않았습니다

졸음이 들썩일 땐 N형의 지그재그로 걸었죠

눈꺼풀이 처지지만 않는다면

S코스로 접어들기도 했답니다

그때 자력이 생겨났지요

대륙 떠돌던 그림자가 발자국만 남길 때

미소 머금은 걸음이 금단의 경계선을 걸어갔습니다

철조망에 걸린 아우성은

벽의 반대편에선 들리지 않는가 봅니다

회색 구역 지나칠 땐

어둠의 등고선에서 소름이 도드라졌지요

무성한 이파리 사이로 빛살무늬가 곱게 내려

뒷걸음질 치던 그림자들이
빛살에 꿰어 휘적거렸지요
치명적인 약점이 드러났습니다
자력이 뒤틀릴 때마다
이념에 취한 누군가의 혀는 딱딱하게 굳었습니다

태풍의 눈

핏발 서기 시작한 검붉은 안구

폭풍 몰아쳐 연쇄적으로 무너지는 건물

각막 핥아대는 까칠한 혓바닥 위

진보와 보수, 신패권주의 전쟁 들썩이고

그 틈바구니에 널브러진 비명들

북극에서 오로라 푸른빛이 솟구친다

실핏줄 터지기 전 압력을 조율하지 못해

안팎이 통째로 폭발하기 직전

서서히 북상하는 메가톤급 태풍의 눈을 보라

원천봉쇄 기치 아래 영향권에 든 풀잎들의 아우성

여물게 문 걸어 잠근 거리엔

휘청거리는 풀의 발목 부여잡고 악쓰는 바람

회색구름 소용돌이에 휘말려

눈 닦고 뒤져봐도 보이지 않는 스펙트럼의 잔광

반도 휩쓸고 지나간 후

열대성 저기압으로 기세 꺾이자 쥐죽은 듯한 저 고요

철조망의 경계에서 고개 든 풀잎들

갈라진 신새벽 발자국이

잔상의 틈새를 뒤적거리는 시간

국경의 시학
— 단동(丹東)을 중심으로

맹문재

1

임윤은 한국 시문학사에서 중국의 단동을 중심으로 남북교류 상황을 집중적으로 그린 시인으로 평가될 것이다. 시인은 단동이라는 또 하나의 국경에서 남한 사람들, 북한 사람들, 중국 사람들이 서로 교류하는 모습을 살펴보면서 남북 분단으로 인한 안타까움은 물론 그 극복의 가능성을 제시하고 있다. 따라서 시인에게 단동은 지도상에 나오는 하나의 국경이라는 의미를 넘어 역사적인 장소가 된다.

단동은 압록강을 사이에 두고 북한 신의주와 마주 보고 있는 중국 변경의 도시이다. 손에 잡힐 듯한 북한 땅을 바라볼 수 있고, 거리에서는 심심치 않게 북한 사람들의 사투리를 들을 수 있다. 철도와 도로를 통해 양국의 차량과 기차가 자유롭게 오고 가는 풍경이 특별하게 다가온다. 현재 단동에는 조선족을

비롯해 남한인 3천여 명, 북한인 2만여 명이 거주하고 있다. 단동은 '홍색동방지성(紅色東方之城)'의 준말로, 혈맹으로 붉게 물든 동쪽의 도시라는 뜻처럼 북한과 중국은 우호 관계를 유지하고 있다. 단동은 양국 간 최대의 교역 거점으로 교역 물품의 80%가 이곳에서 거래되고 있다. 2015년 8월 선양(沈阳)과 단동을 잇는 고속철도가 개통되어 일반 기차로 4시간 걸리던 거리가 1시간대로 단축되어 앞으로 더 많은 교류가 이루어질 것으로 기대된다.[1]

　한국은 김대중 정부 이후 다수의 기업이 단동에 진출했고, 북한에서 생산된 물품들이 남한으로 수출되었다. 그렇지만 2010년 3월 26일 발생한 천안함 침몰 사건을 북한의 소행으로 판단한 이명박 정부는 대북 투자 금지, 대북 지원 사업 보류, 국민의 방북 불허 등 개성공단을 제외한 남북 교역을 중단하는 5·24조치를 단행했다. 개성공단도 2016년 1월 북한이 4차 핵실험을 강행하고, 장거리 미사일로 간주되는 로켓을 발사하자, 박근혜 정부는 2월 10일 폐쇄 조치를 했다. 그렇지만 이와 같은 정치적 조치 이후에도 단동에서의 남북 교류는 중단되지 않았다. 오히려 북한이 중국 경제에 의존하는 면이 늘어남으로 인해 합법적인 방식뿐만 아니라 비합법, 비공식, 편법 등의 방식이 얽히고설키면서 진행되어왔다. 국내에서 남북 교류가 단절된 것과 상관없이 삼국 간의 경제 교류가 이루어진 것이다.

---

1 「단동」, 『인조이 중국』(https://100.daum.net/encyclopedia/view/87XX77900381)

국가 간의 경계는 전쟁이나 협상을 통해 결정되고, 이를 유지하기 위해 목책이나 철조망을 치기도 하고 장벽을 세우기도 한다. 이러한 설치 이후에도 경계는 관리되고 통제된다. 따라서 경계는 어떻게 결정되었는가보다 어떻게 관리되고 통제되고 있는가가 중요하다. 북한과 중국 간의 국경 통제의 유연성은 매우 긴 역사를 가지고 있다. 또한 지세가 험준해 양국의 국경 통제는 어렵고 모호하다. 중국 국적을 지닌 북한 사람인 화교의 존재도 국경의 모호성을 가중시키고 있다.[2] 이와 같은 차원에서 임윤 시인이 단동을 중심으로 한 국경 인식은 주목된다.

2

쿵쿵거리는 엔진의 진동수 뒤척이며 헤아리다
난바다 출렁거렸을 난파선 생각하다가
항로 없이 어둔 바다 헤쳐 간 황해도 작은 어촌의 고깃배를
떠올린다
희부연 새벽, 꿈에 나타난 무지개는 혼자만의 비밀
천연색 꿈이라니, 발해만에서 불어오는 바람의 홍채, 선홍
빛 물결은 덤일까?
회색 왜가리 날개 같은 단동
유민들이 건넜을 붉은빛의 요녕 끝자락

---

2 지상현 외, 「접경지역 변화의 관계론적 정치지리학 : 북한-중국 접경지역 단동을 중심으로」, 『한국경제지리학회지』 제20권 제3호, 한국경제지리학회, 2017, 300~301쪽.

밤을 꼬박 새운 여객선은 항으로 미끄러지고 푸릇한 새벽이
선창에 붙어 인사를 보낸다

인천항에서 승선한 덩치 큰 보따리들, 철조망의 굴레에 바
다에서 절반의 생을 살아가는 장사꾼들

비단섬의 볼모로 잡힌 굴뚝에 휘감긴 회오리바람, 물거품
물고 몰려드는 난바다의 파도, 폭풍 지난 뒤의 평온이 더 두려
운 겨울, 이순이 된 지금도 귀가 뚫리지 않는다

거무죽죽한 입술의 둔치를 지나치면, 계절의 윤회 속에 잔
뼈 굵은 자작나무, 잿빛 우울한 날 강변에 찍힌 발자국이 서글
프다

무작정 대륙으로 흩어진 채 잃어버린 국적

오가지 못할, 발자국 하나

발자국 둘, 발자국 여럿

무성한 계절 속에서 목숨 걸고 서성대는 사람들

— 「바닷길 족적」 전문

위의 작품의 화자는 "유민들이 건넜을 붉은빛의 요녕 끝자
락"에 있는 "회색 왜가리 날개 같은 단동"을 항해하면서 "쿵
쿵거리는 엔진의 진동수 뒤척이며 헤아"려본다. 그만큼 단동
을 향하는 설렘과 기대감이 큰 것이다. 그러면서 "난바다 출렁
거렸을 난파선 생각하다가/항로 없이 어둔 바다 헤쳐 간 황해
도 작은 어촌의 고깃배를 떠올린다". 배를 타고 나아가는 항해
는 태풍을 만나거나 뜻밖의 사고를 당할 수 있기에 결코 만만
한 일이 아니다. 그렇지만 화자는 항해의 목적지인 단동에 도
착하고 싶은 열망을 줄이지 않는다. 오히려 "꿈에 나타난 무지

개"를 "혼자만의 비밀"로 간직할 정도로 희망을 갖는다. "천연색 꿈이라니, 발해만에서 불어오는 바람의 홍채, 선홍빛 물결은 덤"이라는 생각까지 한다.

화자가 단동으로 항해하는 목적은 "밤을 꼬박 새운 여객선은 항으로 미끄러지고 푸릇한 새벽이 선창에 붙어 인사를 보"내는 상황에 이르자 "인천항에서 승선한 덩치 큰 보따리들, 철조망의 굴레에 바다에서 절반의 생을 살아가는 장사꾼들"이 움직이는 모습에서 볼 수 있듯이 경제 활동과 관계된 것으로 보인다. 실제로 1998년 이후 인천에서 주 3회 오가는 정기 노선이 운행되고 있을 정도로 단동은 한국, 북한, 중국의 무역 중심지가 되고 있다. 1992년 한중 수교 전후부터 한국어를 공유하는 한국 사람, 북한 사람, 북한 화교, 조선족 등 만여 명이 무역 활동에 참여하고 있는 것이다. 그에 따라 인천에서 보낸 물건이 다음 날이면 북한에 도착할 정도이다. 이렇듯 단동에서의 남북 교류는 휴전선을 넘나드는 일 못지않게 주목되고, 북한 사회가 남한 사람들이 생각하는 것만큼 폐쇄적이지 않다는 것도 알려준다.[3]

하지만 단동에서의 남북 교류는 전적으로 보장된 것이 아니다. 조국이 아니라 제3국에서 이루어지고 있기에 합법성이 보장되지 않아 안전하고 당당하고 자유로운 것이 아니다. 따라

---

3 강주원, 「망각되는 10여 년과 잃어버린 10여 년이 얽히고설킨 또 하나의 국경」, 『황해문화』 100호, 새얼문화재단, 2018, 244~246쪽.

서 단동으로 항해하는 심정은 "비단섬의 볼모로 잡힌 굴뚝에 휘감긴 회오리바람, 물거품 물고 몰려드는 난바다의 파도, 폭풍 지난 뒤의 평온이 더 두려운 겨울, 이순이 된 지금도 귀가 뚫리지 않는다"고 토로하듯이 신나거나 즐겁지만은 않다. "거무죽죽한 입술의 둔치를 지나치면, 계절의 윤회 속에 잔뼈 굵은 자작나무, 잿빛 우울한 날 강변에 찍힌 발자국이 서글프"기까지 하다. 화자는 단동에서 "무작정 대륙으로 흩어진 채 잃어버린 국적"을 떠올리며 "오가지 못할, 발자국 하나/발자국 둘, 발자국 여럿"을 바라본다. "무성한 계절 속에서 목숨 걸고 서성대는 사람들", 위험을 느끼며 교류하는 남북 동포들의 처지를 안타까워하는 것이다.

그렇지만 단동에서 남북한 사람들이 교류하는 것은 큰 의미를 지닌다. 남북 분단과 교류 중단으로 인한 장벽이 쳐진 상황에 맞서 새로운 길을 뚫고 있기 때문이다. 따라서 위험을 무릅쓰고 "세관에 정박한 버스의 얼룩진 창문과/복무원 눈초리 피해/보따리 하나 더 들고 승차하려는"(「장령세관」) 북한 사람의 모습은 눈길을 끈다.

귓불 화끈거리는 봄의 입술
삭정이 흔들며 서성대다
철책 너머로 사라지는 강바람
콘크리트 현수교에 흐르는 정적을 쓸어
비단섬 하류로 몰아치는 황사 먼지

갯벌에 발목 잡힌 폐선 한 척
하구로 닿은 바닷길 한없이 더듬어 가는가
손 내민 훈풍에도 인기척 없다

눈부셔, 실눈이 부시다
수면의 빛을 깨뜨려 국경 넘나드는 갯배
남신의주 유동 박시봉방은 어디인가
철조망 너머 깨진 빛 조각이 흘러간 곳인가
부시다, 부셔 내린다
건너편 강가에서 들려오던 빨랫방망이 소리
목메도록 불러도 대답 않던
어적도 아주머니는 보이질 않고
봄은 다시 강물 위에서 눈부시다

끊어진 길 배경으로 섬은 정물화가 되었다
물결 위 쏟아지는 물감들
신의주 관광에 이백 달러라는 호객꾼
강 건너면 국보법에 종북이 될 터
쓸쓸한 웃음만 날린다
경고인 듯 가슴에 인공기 배지 단 처녀들
아득히 숨죽여 바라보는 건너편
들쭉술에 쌉쌀한 대동강 맥주
먹먹한 가슴으로 살얼음 시린 평양냉면을 먹는다

잡목이 앙상하게 날리는 모래언덕
단동에서 평양 오가는 조선족 보따리장수

이레쯤 돌아온다는 소식만 남겼다
조선 한국 민속 거리
숨죽이던 탈북자들은 어디서 섬이 되었나
가슴 뚫린 벽돌집 유리창
케케묵은 먼지만 봄볕에 얼굴을 내민다
바싹 마른 손가락 비벼대는 옥수숫대
그 사이로 빠져나가는 살가운 바람

유초도, 위화도, 다지도
둑방 길이 허공에 꿈틀거린다
물결 따라 흐르는 아이들 웃음
연암이 건너왔을 강변엔 물비늘 반짝인다
박작성 위에 세워진 호산장성
고구려 병사들은 어디로 사라졌는가
성루 건너편 초소에도 아지랑이 피고
눈부셔 마냥 바라보는 여울살
길은 끊이지 않고 출렁대기에
부신 길 부여잡고 더 북쪽으로 떠나야겠다

　　　　　　　　　　— 「압록강에는 섬이 많다」 전문

　　위의 작품의 화자는 "귓불 화끈거리는 봄의 입술/삭정이 흔
들며 서성대"고, "철책 너머로 사라지는 강바람/콘크리트 현수
교에 흐르는 정적을 쓸어/비단섬 하류로 몰아치는 황사 먼지"
가 짙은 날 압록강을 바라본다. "갯벌에 발목 잡힌 폐선 한 척/
하구로 닿은 바닷길 한없이 더듬어 가"고 있는데, "손 내민 훈

풍에도 인기척 없"음을 느낀다. "수면의 빛을 깨뜨려 국경 넘나드는 갯배"를 떠받치고 있는 압록강은 "눈부셔, 실눈이 부"신데, "건너편 강가에서 들려오던 빨랫방망이 소리/목메도록 불러도 대답 않던/어적도 아주머니"도 보이지 않는다. "봄은 다시 강물 위에서 눈부"신 상황이기에 대조적인 모습들이다.

봄 날씨가 풀리듯이 단둥에서 거주하는 사람들의 움직임이 시작된다. "물결 위 쏟아지는 물감들"처럼 "신의주 관광에 이백 달러라는 호객꾼"의 등장이 그 한 모습이다. 화자는 호객꾼의 제안에 선뜻 응하고 싶지만, "강 건너면 국보법에 종북이 될 터"이기에 "씁쓸한 웃음만 날린다". 그 대신 "경고인 듯 가슴에 인공기 배지 단 처녀들/아득히 숨죽여 바라보는 건너편"에서 "들쭉술에 씁쌀한 대동강 맥주"와 "먹먹한 가슴으로 살얼음 시린 평양냉면을 먹는다".

화자가 북한에서 만든 맥주를 마시고 냉면을 먹고 있는 단둥에는 "평양 오가는 조선족 보따리장수"들이 "이레쯤 돌아온다는 소식"을 남겨두었지만, 기약할 수 없다. "잡목이 앙상하게 날리는 모래언덕"이 있는 단둥에 "조선 한국 민속 거리"가 있지만, 자유가 완전하게 보장된 것이 아니기 때문이다. 단둥에는 숨죽이고 있는 섬 같은 "탈북자들"이 숨어 있기도 하다. "가슴 뚫린 벽돌집 유리창/케케묵은 먼지만 봄볕에 얼굴을 내"미는 것이 그 상황이다.

화자는 "유초도, 위화도, 다지도"의 "둑방 길이 허공에 꿈틀거"리는 것에 눈길을 준다. 아울러 "물결 따라 흐르는 아이들

웃음" 소리를 듣고, "연암이 건너왔을 강변엔 물비늘 반짝"이
는 것을 바라본다. "박작성 위에 세워진 호산장성"을 발견하고
"고구려 병사들은 어디로 사라졌는가" 하는 아쉬움도 가진다.
그러면서 "성루 건너편 초소에도 아지랑이 피"는 것과 "눈부셔
마냥 바라보는 여울살/길은 끊이지 않고 출렁대"는 것을 바라
보며 "부신 길 부여잡고 더 북쪽으로 떠나야겠다"고 생각한다.

3

아이가 엄마 손 놓치지 않으려
손가락 끝에 묻어난 계절이 안간힘 쓸 때
강물로 뛰어든 정강이가 시릴 즈음
단단한 각질 벗겨내는 물결처럼
잡목이 삼켜버린 길 위에 포개진 발자국은 침묵한다
강의 어깨를 물고
끝 간 데 없이 출렁거리는 국경
모래밭에 찍힌 화살표 물새 발자국이
위화도에서 말머리를 돌렸던 편자의 깊이 같다
봉두난발 백성들 머리카락인가
반질거리던 길을 에워싼 잡초를 헤집는 바람

신의주가 손에 잡힐 듯 끊어진 철교
수풍댐 가르는 보트의 굉음
집안에서 만포 구리광산으로 연결된 교각
중강진의 악산과 사행천에 자리한 너와집들

혜산의 얼굴을 차단한 세관의 철문
남백두에서 발원한 강물을 건너던 길
보천, 삼지연, 송강하, 이도백하 그리고 천지
대홍단 감자 보따리 장수와
화룡을 오가던 무산의 얼굴
용정과 회령을 건너던 독립투사들
두만강 뱃사공은 파업 중인가
남양으로 건너야 할 기찻길 장악한 중국 국경수비대
훈춘 302호 지방도로 철망 뚫고
아오지, 나진, 선봉으로 향하는 덤프트럭
동해가 손에 잡힐 듯한 녹둔도
금방이라도 연해주를 향한 증기기차가 건널 것만 같은
독립을 위해
식솔들 먹여살리기 위해
메케한 석탄 연기 속, 졸음에 겨운 눈꺼풀 부릅뜨고
가슴속에 댓 개씩 응어리진 한 품고 건넜을
방천에서 바라본 두만강 철교

정오의 태양은 정적으로 떠다니고
왁자하게 강을 건너던 사람은 어디로 갔는지
철망 사이 바라보는 건너편
인기척은 없고 매미 소리만 요란하다
미루나무 그늘에 위장한 초소들
터질 것 같은 팽팽한 긴장에 숨소리조차 숨죽이는
아이가 엄마 손 놓쳐버린 계절
비명으로 흩어져 떠내려간 노을처럼
굴레를 벗어나지 못하는 발자국들

장마철에 떠내려온 비닐봉지가
철조망 송곳니에 걸려
갈 곳 먹먹한 가슴들이 파르르 떤다

시야에서 사라진 엄마의 손
두려움 떨치려 고래고래 소리라도 질렀으면 좋겠다
꼬질한 손가락 사이 까만 눈동자
오늘 밤은 어느 방향으로 비틀거릴까
압록과 두만이 펼쳐놓은
창백한 푸른 점 먼지처럼 서글픈 반도의 둘레길
— 「지워진 길」 전문

　위의 작품의 화자는 "아이가 엄마 손 놓치지 않으려/손가락
끝에 묻어난 계절이 안간힘 쓸 때", "강물로 뛰어든 정강이가
시릴 즈음"에, 숙소의 창을 통해 "강의 어깨를 물고/끝 간 데
없이 출렁거리는 국경"을 바라본다. 그러다가 "단단한 각질 벗
겨내는 물결처럼/잡목이 삼켜버린 길 위에 포개진 발자국"을
발견한다. "모래밭에 찍힌 화살표 물새 발자국"은 "위화도에서
말머리를 돌렸던 편자의 깊이" 같다. 아울러 그 모습에서 "봉두
난발 백성들 머리카락"을 연상한다.

　화자는 "신의주가 손에 잡힐 듯 끊어진 철교"를 바라보고,
"수풍댐 가르는 보트의 굉음"도 듣는다. "만포 구리광산으로
연결된 교각"이며, "중강진의 악산과 사행천에 자리한 너와집
들"이며, "혜산의 얼굴을 차단한 세관의 철문"도 바라본다. 아

울러 "남백두에서 발원한 강물을 건너던 길"과 "보천, 삼지연, 송강하, 이도백하 그리고 천지"는 물론 "대홍단 감자 보따리장수와/화룡을 오가던 무산의 얼굴"들을 떠올린다. "용정과 회령을 건너던 독립투사들"도 떠올린다.

그런데 "두만강 뱃사공은 파업 중인"지 움직이지 않는다. "남양으로 건너야 할 기찻길 장악한 중국 국경수비대"는 물론 "훈춘 302호 지방도로 철망 뚫고/아오지, 나진, 선봉으로 향하는 덤프트럭"도 보이지 않는다. "동해가 손에 잡힐 듯한 녹둔도"며, "금방이라도 연해주를 향한 증기기차가 건널 것만 같은" "두만강 철교"도 조용하다. "정오의 태양은 정적으로 떠다니고/왁자하게 강을 건너던 사람은 어디로 갔는지/철망 사이 바라보는 건너편/인기척은 없고 매미 소리만 요란하다".

"미루나무 그늘에 위장한 초소들/터질 것 같은 팽팽한 긴장에 숨소리조차 숨죽이는" 상황이 일시적인 모습인지, 아니면 대북 제재 이후 일상화된 것인지는 알 수 없다. 그렇지만 자유로운 교류가 중단된 것은 분명해 "굴레를 벗어나지 못하는 발자국들"을 안타까워하며 바라보고 있다. "장마철에 떠내려온 비닐봉지가/철조망 송곳니에 걸려/갈 곳 먹먹한 가슴들이 파르르" 떠는 것과 같은 마음이다. 그리하여 "압록과 두만이 펼쳐놓은/창백한 푸른 점 먼지처럼 서글픈 반도의 둘레길"을 바라보며, "두려움 떨치려 고래고래 소리라도 질렀으면 좋겠다"고 생각한다.

초록은 짧은 시간의 얼굴
텅 비었던 겨울
건넛마을로 안부 전하는 인사말
초록 조각들이 허공에 외친다
"다들 잘 지내시죠?"
울울창창한 수채화가 간직해두었던
메아리를 조금씩 풀어놓는다
수백 리 걸친 국경
바짓가랑이 걷고 통나무배 타고 건넌 얼굴들
초록 필름, 초록 인화지
강화유리처럼 순간 산산조각 날 것 같은
아스라한 빛은 삼지연에서 왔는가 무산에서 왔던가
남쪽 바다 쪽빛 해변에서 떨어져 나온 물감이
능선 타고 번져 저리 홀홀 피어나는가
수평으로 뻗은 낙엽송 가지에서
초록 물감이 바닥으로 뚝뚝 떨어져
푸석하던 계절이 연초록 종종걸음 친다
예고 없는 융단 습격, 이파리 끝에 뭉쳐진 물방울
"잘 견디고 있습니다"
얼굴 없는 대답이 메아리친다
새빨간 거짓말일지나 그래도 믿기로 한다

　　　　　　　　　　　　　—「강변을 습격하다」 전문

　"초록 조각들이" "텅 비었던 겨울/건넛마을로 안부 전하는
인사말"로 "다들 잘 지내시죠?"라고 외친다. "울울창창한 수채
화가 간직해두었던/메아리를 조금씩 풀어놓는" 것이다. "수백

리 걸친 국경/바짓가랑이 걷고 통나무배 타고 건넌 얼굴들/초록 필름, 초록 인화지/강화유리처럼 순간 산산조각 날 것 같은/아스라한 빛"을 띤다. 화자는 그 초록빛이 "삼지연에서 왔는가 무산에서 왔던가" 묻는다. "남쪽 바다 쪽빛 해변에서 떨어져 나온 물감이/능선 타고 번져 저리 훌훌 피어나는가"라고 묻기도 한다.

"수평으로 뻗은 낙엽송 가지에서/초록 물감이 바닥으로 뚝뚝 떨어져/푸석하던 계절이 연초록 종종걸음" 치면서 응답이 들려온다. "잘 견디고 있습니다"라고, "얼굴 없는 대답이 메아리"치는 것이다. 화자는 그 대답이 "새빨간 거짓말"인 것을 잘 알고 있지만, "그래도 믿기로 한다". 화자의 희망 사항이기 때문이다. 그만큼 화자는 분단국가의 현실을 아파하며 극복되기를 바라는 것이다.

4

> 어둠이 슬금슬금 골목길 잠식할 즈음
> 바람도 곁눈질 두리번거린다
> 조선 민속 거리 모퉁이에 자리 잡은 평양식당
> 평양 오가며 장사한다는
> 오십 줄의 아주마이
> 이방인이 따라주는 압록강 맥주가 쌉쌀하다
> 서로의 눈치 살피다가
> "우리가 남이가"

건배사의 말뜻 알려주자 경계를 푼다
미닫이 밖에 밀려드는 바람의 굉음
골목은 얼어붙어 인기척 없다
봄이 오면 보따리 메고 평양으로 간다며
"쭉 내자우"
잔 비우자는 평양식 건배 제의를 한다
맨살 찢을 듯 불어대는 냉소의 바람 견디며
헛꿈이라도 꾸고 싶은
베를린장벽처럼 철조망이 무너졌다는 소식은 개꿈일까
불통의 눈초리에 눌려
침묵하는 일보다 더 두려운 것이 있을까

"우리가 남이가, 쭉 내자우"

— 「쭉 내자우」 전문

　　위의 작품의 화자는 "어둠이 슬금슬금 골목길 잠식할 즈음/바람도 곁눈질 두리번거"리는 것처럼 "조선 민속 거리 모퉁이에 자리 잡은 평양식당"에서 조심스럽게 북한 사람들과 교류한다. "평양 오가며 장사한다는/오십 줄의 아주마이/이방인이 따라주는 압록강 맥주"를 마시는 것이 그 모습이다. 서로는 "눈치 살피다가/"우리가 남이가"/건배사의 말뜻 알려주자 경계를 푼다". "미닫이 밖에 밀려드는 바람의 굉음/골목은 얼어붙어 인기척 없"지만, "봄이 오면 보따리 메고 평양으로 간다며/"쭉 내자우"/잔 비우자는 평양식 건배 제의"에 기꺼이 응하는 것이다.

화자는 건배를 하면서 "맨살 찢을 듯 불어대는 냉소의 바람 견디며/헛꿈이라도 꾸고 싶"다. "베를린 장벽처럼 철조망이 무너졌다는 소식"을 듣고 싶은 것이다. 그것이 현재에는 개꿈이라는 것을 화자는 잘 알고 있지만, "불통의 눈초리에 눌려/침묵하는 일보다 더 두려운 것이" 없다고 생각한다. 그리하여 자신의 건배에 북한 아주머니의 건배를 얹어 "우리가 남이가, 쭉 내자우"라고 외치는 것이다.

한반도 내에서는 남북의 만남과 단절이 반복되었지만, 단동에서는 1992년 한중 수교 전후부터 시작되어 현재까지 단절된 적이 없다. 일회적이기보다는 연속적으로 만나온 것이다. 단동의 학교 교실, 중국어 학원, 호텔, 민박, 아파트, 식당, 술집, 찻집, 사우나, 노래방, 그리고 상점과 회사에서 서로 만나왔다. 남북을 연결하는 경제 활동을 해온 것이다. 그런 삶 속에서 북한 사람은 한국 소주를, 남한 사람은 대동강 맥주를 마시곤 했다.[4]

따라서 휴전선만 바라보는 남북 교류를 기대하기보다는 단동에서 이루어지는 남북 교류를 주목할 필요가 있다. 단동에서는 남북 교류의 부침과 상관없이 경협이 이루어져왔다. 남한 사람들이 주문한 옷을 단동에서 북한 사람들이 만들고, 그것이 중국 제품으로 한국에 합법적으로 들어온 것이 좋은 예이다. 이와 같은 상황은 1990년대 이후 북한의 경제 악화와 반

---

4 강주원, 위의 글, 230쪽.

복되는 수해 및 가뭄으로 배급 체계가 붕괴하고 생필품 및 의약품이 부족해 대량의 아사자가 발생하면서 본격화되었다. 북한 사람들은 가구나 잡화를 파는 것으로 식량난을 해결할 수 없자 국경을 넘기 시작한 것이다. 그리하여 일명 도강증이라고 불리는 국경통행증으로 양쪽을 자유롭게 오고 가고 있다.

단동에서는 한국, 북한, 중국 사람들이 서로 교류하며 삶을 이루고 있다. 그들의 삶의 터전과 수단을 마련하고 있는 것이다. 1990년대 중반까지만 해도 중국 길림성의 연변 지역이 무역 중심지였는데, 2000년대에 들어서는 단동으로 이동하였다. 무엇보다 북한 사람들에게 필요한 식량, 생활품, 의약품 등을 남한에서, 평양에서 만든 가공품을 남한으로 보내는 데 최단거리라는 지리적인 여건 때문이었다. 그에 따라 남북한 동포들은 귀국 후 문제가 될 소지를 최소화하면서 단동에서 경제 협력을 추구하고 있다.

이와 같은 상황이 전개되고 있는데도 한국 사람들은 단동에서 이루어지는 남북 교류를 잘 모르고 있고, 알려고 하지도 않는다. 따라서 임윤 시인이 단동을 중심으로 심화시킨 국경 인식은 매우 중요하다. 시인은 그곳에서의 체험을 통해 남북 분단에 따른 남북교류의 한계는 물론 그 극복의 가능성을 제시해주고 있다. 결국 임윤 시인은 남북 동포들의 경제적 교류를 토대로 분단 극복을 추구하고 있는 것이다.

孟文在 ┃ 문학평론가 · 안양대 교수

1 광장으로 가는 길 ᅵ 이은봉 · 맹문재 엮음
2 오두막 황제 ᅵ 조재훈
3 첫눈 아침 ᅵ 이은봉
4 어쩌다가 도둑이 되었나요 ᅵ 이봉형
5 귀뚜라미 생포 작전 ᅵ 정원도
6 파랑도에 빠지다 ᅵ 심인숙
7 지붕의 등뼈 ᅵ 박승민
8 살찐 슬픔으로 돌아다니다 ᅵ 송유미
9 나를 두고 왔다 ᅵ 신승우
10 거룩한 그물 ᅵ 조항록
11 어둠의 얼굴 ᅵ 김석환
12 영화처럼 ᅵ 최희철
13 나는 너를 닮고 ᅵ 이선형
14 철새의 일인칭 ᅵ 서상규
15 죽은 물푸레나무에 대한 기억 ᅵ 권진희
16 봄에 덧나다 ᅵ 조혜영
17 무인 등대에서 휘파람 ᅵ 심창만
18 물결무늬 손뼈 화석 ᅵ 이종섶
19 맨드라미 꽃눈 ᅵ 김화정
20 그때 나는 학교에 있었다 ᅵ 박영희
21 달함지 ᅵ 이종수
22 수선집 근처 ᅵ 전다형
23 족보 ᅵ 이한걸
24 부평 4공단 여공 ᅵ 정세훈
25 음표들의 집 ᅵ 최기순
26 나는 지금 운전 중 ᅵ 윤석산
27 카페, 가난한 비 ᅵ 박석준
28 아내의 수사법 ᅵ 권혁소
29 그리움에는 바퀴가 달려 있다 ᅵ 김광렬
30 올랜도 간다 ᅵ 한혜영
31 오래된 숯가마 ᅵ 홍성운
32 엄마, 엄마들 ᅵ 성향숙
33 기룬 어린 양들 ᅵ 맹문재
34 반국 노래자랑 ᅵ 정춘근
35 여우비 간다 ᅵ 정진경

36 목련 미용실 ᅵ 이순주
37 세상을 박음질하다 ᅵ 정연홍
38 나는 지금 외출 중 ᅵ 문영규
39 안녕, 딜레마 ᅵ 정운희
40 미안하다 ᅵ 육봉수
41 엄마의 연애 ᅵ 유희주
42 외포리의 갈매기 ᅵ 강 민
43 기차 아래 사랑법 ᅵ 박관서
44 괜찮아 ᅵ 최은묵
45 우리집에 왜 왔니? ᅵ 박미라
46 달팽이 뿔 ᅵ 김준태
47 세온도를 그리다 ᅵ 정선호
48 너덜겅 편지 ᅵ 김 완
49 찬란한 봄날 ᅵ 김유섭
50 웃기는 짬뽕 ᅵ 신미균
51 일인분이 일인분에게 ᅵ 김은정
52 진뫼로 간다 ᅵ 김도수
53 터무니 있다 ᅵ 오승철
54 바람의 구문론 ᅵ 이종섶
55 나는 나의 어머니가 되어 ᅵ 고현혜
56 천만년이 내린다 ᅵ 유승도
57 우포늪 ᅵ 손남숙
58 봄들에서 ᅵ 정일남
59 사람이나 꽃이나 ᅵ 채상근
60 서리꽃은 왜 유리창에 피는가 ᅵ 임 윤
61 마당 깊은 꽃집 ᅵ 이주희
62 모래 마을에서 ᅵ 김광렬
63 나는 소금쟁이다 ᅵ 조계숙
64 역사를 외다 ᅵ 윤기묵
65 돌의 연가 ᅵ 김석환
66 숲 거울 ᅵ 차옥혜
67 마네킹도 옷을 갈아입는다 ᅵ 정대호
68 별자리 ᅵ 박경조
69 눈물도 때로는 희망 ᅵ 조선남
70 슬픈 레미콘 ᅵ 조 원

71 여기 아닌 곳 │ 조항록

72 고래는 왜 강에서 죽었을까 │ 제리안

73 한생을 톡 토독 │ 공혜경

74 고갯길의 신화 │ 김종상

75 고개 숙인 모든 것 │ 박노식

76 너를 놓치다 │ 정일관

77 눈 뜨는 달력 │ 김 선

78 거꾸로 서서 생각합니다 │ 송정섭

79 시절을 털다 │ 김금희

80 발에 차이는 돌도 경전이다 │ 김윤현

81 성규의 집 │ 정진남

82 번함 공원에서 점을 보다 │ 정선호

83 내일은 무지개 │ 김광렬

84 빗방울 화석 │ 원종태

85 동백꽃 편지 │ 김종숙

86 달의 알리바이 │ 김춘남

87 사랑할 게 딱 하나만 있어라 │ 김형미

88 건너가는 시간 │ 김황흠

89 호박꽃 엄마 │ 유순예

90 아버지의 귀 │ 박원희

91 금왕을 찾아가며 │ 전병호

92 그대도 내겐 바람이다 │ 임미리

93 불가능을 검색한다 │ 이인호

94 너를 사랑하는 힘 │ 안효희

95 늦게나마 고마웠습니다 │ 이은래

96 버릴까 │ 홍성운

97 사막의 사랑 │ 강계순

98 베트남, 내가 두고 온 나라 │ 김태수

99 다시 첫사랑을 노래하다 │ 신동원

100 즐거운 광장 │ 백무산 · 맹문재 엮음

101 피어라 모든 시냥 │ 김자흔

102 염소와 꽃잎 │ 유진택

103 소란이 환하다 │ 유희주

104 생리대 사회학 │ 안준철

105 동태 │ 박상화

106 새벽에 깨어 │ 여국현

107 씨앗의 노래 │ 차옥혜

108 한 잎 │ 권정수

109 촛불을 든 아들에게 │ 김창규

110 얼굴, 잘 모르겠네 │ 이복자

111 너도꽃나무 │ 김미선

112 공중에 갇히다 │ 김덕근

113 새점을 치는 저녁 │ 주영국

114 노을의 시 │ 권서각

115 가로수의 수학 시간 │ 오새미

116 염소가 아니어서 다행이야 │ 성향숙

117 마지막 버스에서 │ 허윤설

118 장생포에서 │ 황주경

119 흰 말채나무의 시간 │ 최기순

120 을의 소심함에 대한 옹호 │ 김민휴

121 격렬한 대화 │ 강태승

122 시인은 무엇으로 사는가 │ 강세환

123 연두는 모른다 │ 조규남

124 시간의 색깔은 자신이 지향하는 빛깔로 간다│ 박석준

125 뼈의 노래 │ 김기홍

126 가끔은 길이 없어도 가야 할 때가 있다 │ 정대호

127 중심은 비어 있었다 │ 조성웅

128 꽃나무가 중얼거렸다 │ 신준수

129 헬리패드에 서서 │ 김용아

130 유랑하는 달팽이 │ 이기헌

131 수제비 먹으러 가자는 말 │ 이명윤

132 단풍 콩잎 가족 │ 이 철

133 먼 길을 돌아왔네 │ 서숙희

134 새의 식사 │ 김옥숙

135 사북 골목에서 │ 맹문재

136 왜 네가 아니면 전부가 아닌지 │ 정운희

137 멸종위기종 │ 원종태

138 프엉꽃이 데려온 여름 │ 박경자

139 물소의 춤 │ 강현숙

140 목포, 에말이요 │ 최기종

141 식물성 구체시 │ 고 원

142 꼬치 아파 │ 윤임수

143 아득한 집 │ 김정원

144 여기가 막장이다 │ 정연수

145 곡선을 기르다 │ 오새미

146 사랑이 가끔 나를 애인이라고 부른다 │ 서화성

147 더글러스 퍼 널빤지에게 │ 백수인

148 나는 누구의 바깥에 서 있는 걸까 │ 박은주

149 풀이라서 다행이다 | 한영희

150 가슴을 재다 | 박설희

151 나무에 기대다 | 안준철

152 속삭거려도 다 알아 | 유순예

153 중딩들 | 이봉환

154 수평은 동무가 참 많다 | 김정원

155 황금 언덕의 시 | 김은정

156 고요한 세계 | 유국환

157 마스카라 지운 초승달 | 권위상

158 수궁가 한 대목처럼 | 장우원

159 목련 그늘 | 조용환

160 그대라면, 무슨 부탁부터 하겠는가 | 박경조

161 동행 | 박시교

162 광부의 하늘이 무너졌다 | 성희직

163 천년에 아흔아홉 번 | 김려원

164 이별 후에 동네 한 바퀴 | 이인호

165 무릉별유천지 사람들 | 이애리

166 오늘의 지층 | 조숙향

167 오른쪽 주머니에 사탕 있는 남자 찾기 | 김임선

168 소리들 | 정 온

169 울음의 기원 | 강태승

170 눈 맑은 낙타를 만났다 | 함진원

171 도살된 황소를 위한 기도 | 김옥성

172 그날의 빨강 | 신수옥

173 의지와 표상으로서의 세계이니 | 박석준

174 촛불 하나가 등대처럼 | 윤기묵

175 목을 꺾어 슬픔을 죽이다 | 김이하

176 미시령 | 김림

177 소나무 방정식 | 오새미

178 골목 수집가 | 추필숙